民族融合的史诗

——电影《过山榜》诞生记

孔见——著

SPM
南方传媒

花城出版社
中国·广州

图书在版编目（CIP）数据

民族融合的史诗：电影《过山榜》诞生记 / 孔见著
. -- 广州：花城出版社，2023.12
ISBN 978-7-5749-0105-6

Ⅰ．①民… Ⅱ．①孔… Ⅲ．①电影文学剧本－中国－
当代②中篇小说－中国－当代 Ⅳ．①I235.1②I247.5

中国国家版本馆CIP数据核字(2023)第216278号

出 版 人：张 懿
责任编辑：王铮锴
责任校对：梁秋华
技术编辑：凌春梅
封面设计：

书 名	民族融合的史诗：电影《过山榜》诞生记
	MINZU RONGHE DE SHISHI DIANYING GUOSHANBANG DANSHENG JI
出版发行	花城出版社
	（广州市环市东路水荫路 11 号）
经 销	全国新华书店
印 刷	佛山市浩文彩色印刷有限公司
	（广东省佛山市南海区狮山科技工业园 A 区）
开 本	880 毫米 × 1230 毫米 32 开
印 张	7.25 45 插页
字 数	206,000 字
版 次	2023 年 12 月第 1 版 2023 年 12 月第 1 次印刷
定 价	49.00 元

如发现印装质量问题，请直接与印刷厂联系调换。
购书热线：020-37604658 37602954
花城出版社网站：http://www.fcph.com.cn

献给所有关心本片，以及为本片付出心血和劳动的人

目 录

中篇小说

《过山榜传奇》

主要人物：

盘凤飞：瑶王土司的女儿，后成为大明皇太后

盘　石：瑶族青年，被抓进京成为太监

盘富贵：瑶王土司

盘点灯：盘凤飞的哥哥

盘钱粮：瑶族师公

阿　青：盘点灯的女友，被抓进宫当官女陪伴盘凤飞

周敏文：状元，原是盘凤飞的未婚夫

周明德：广西象州知府

成　化：成化皇帝，明宪宗朱见深

万贵妃：成化皇帝的宠妃

张　羽：太监总管

奉祖辉：万国驿站老板，瑶族密探

引子

  2016年夏天，在美国华盛顿与几个朋友聊天。大家说到2015年在香港拍卖会上，一个明代成化年间的小小鸡缸杯竟然拍出了2.8亿的天价，实在是不可思议。一个朋友说，他知道那个鸡缸杯，是成化皇帝的宠妃万贞儿喜欢的瓷器，她在景德镇做着玩儿的。接着他又说，在华盛顿的美国国会图书馆亚洲部里有一件宝贝，成化皇帝曾为了得到它大动干戈，这件宝贝肯定比鸡缸杯值钱。我忙问："是什么宝贝？怎么又被美国人抢走了？"他说，这是一份叫《过山榜》的中国古代瑶族文献，它是瑶族的封神榜，又是远古时期中华民族之间的第一份契约，所以特别有价值。我知道古籍善本的价值不菲，但能值几个亿的东西也不多见，就说："你先别吹，明天带我们去看看。"他说："看这种宝贝需要提前预约，并须经过馆长批准，手续批下来也要个把月，今晚我先给你们讲讲它的故事，你们看看这件东西是否有价值，值不值得去看。"接着，他就给我们讲了《过山榜》的传奇故事。

上 部

1. 天降大任

广西学子周敏文交了好运，一日之间三喜临门，这是因为他沾了小皇帝成化的光。

公元1465年，明英宗朱祁镇驾崩，18岁的朱见深登基，年号成化。小皇帝年轻气盛，新官上任三把火，急于建立文治武功，一上台就干了文武两件大事。

文的是亲自殿试，点了新科状元——广西学子周敏文。

周敏文这小子的命可真好，论科考试卷的成绩，他本在二甲之列，由于连年状元都是江浙人，加之新皇要干一件大事，成化就希望今科状元最好不是江浙人，而是湘桂人，这样就挑出了个广西佬。实际上，周敏文祖籍湖南，其父周明德在广西任象州知府，这些因素也给他加了分，这样他真的就来了个鲤鱼跳龙门，

一下子从二甲19名蹿到了状元。

好事成双，周敏文年方十七，与成化同岁，长得眉清目秀，一表人才。在帘子后头看热闹的万贵妃一眼就瞧上了这个俊俏的状元郎，让太监总管张羽向殿试官一打听，尚未婚娶，万贵妃当场拿下，许配给了自己的侄女。好家伙，这万贵妃是什么人啊，大明第一女人，虽不是皇后，可地位远远高于皇后。她的俗名叫作万贞儿，最初是成化的保姆，虽然比成化皇帝年龄大了17岁，可这小皇上特殊的人生经历使他与保姆二人结下了生死与共的患难之情，以至于成化把一生的情感都寄托在这个女人身上。三宫六院无数嫔妃，成化单单宠着这个女人，不仅将保姆册封为贵妃，而且事事言听计从。周敏文这回当上了万贵妃的侄女婿，比状元的含金量只高不低，这让殿试上的所有考生都红眼看着他，羡慕嫉妒恨死了。

文治必配武功，成化小皇帝这第二件大事就是用兵。而状元郎的选拔，也与这次用兵有直接的关系，因为这次就是往广西方向出兵，镇压广西大藤峡瑶蛮造反。

自大明洪武以来，这瑶蛮造反已经闹腾快一百年了，一直压不下去。成化小皇帝一上台，就想建功立业，威名远播。他派出右金都御史韩雍、都督同知赵辅等率16万大军进剿广西大藤峡。本来成化小皇帝还要亲自挂帅，万贵妃力阻，理由是北边战事更加重要，广西山高路远，瘟疫成灾，气候炎热难耐，历史上从来就没有皇帝去过，出事怎么整？好说歹说，让太监总管张羽替皇帝出征当监军，成化才作罢干休。成化让张羽带上新科状元周敏文同行，做个助手。一来他是广西长大，父亲也在当地履职，可以帮助出谋划策；二来也是给他一个建功立业的机会，有了军功以后，怎么提拔都没人敢说话。另外，人之常情，新状元也要衣锦还乡感谢父母。看在万贵妃的面子上，成化有心为周敏文铺开了锦绣前程，就看周敏文有没有命来承受了，这就是周敏文的第三喜。也算是"天降大任于斯人也"。

2. 状元阴招

关于广西大藤峡起义和这次成化16万大军征伐，据史书记载，从洪武八年（1375）起，大藤峡瑶族不断掀起反抗明王朝压迫的斗争。正统七年（1442），瑶族蓝受贰领导瑶民起义，打击贪官污吏，严惩豪强地主，不久被害。侯大苟继起领导斗争。先后攻破州县，影响扩及两广的高、廉、雷、肇、韶、梧等六府地区，队伍发展到万余人。成化元年（1465），明朝遣兵16万围攻大藤峡。

成化选周敏文当状元，也并非只是不喜欢江浙人，而是周敏文接受了一次特殊的考试，并且得了高分。

马上要出兵16万进军广西，成化非常想找个人聊聊用兵方略。当他听说中举的考生里面竟然有一个广西人的时候，就单独召见了周敏文。

成化问："为什么广西瑶族人老是造反呢？"

初生牛犊不怕虎，周敏文大胆地回答："这是因为洪武年以来，朝廷在广西采取'改土归流'的政策，这一政策是用汉族流官取代少数民族土司，出发点是好的，可以提高地方官的能力，但在执行中出了问题。因为广西是边陲多民族区域，中央设了许多卫所，驻有军队，归流官辖制。有许多流官用武装夺取瑶、侗族居民的土地，接着又利用食盐的垄断和专卖，对当地居民征税，甚至封锁食盐进入广西，因此引起以瑶、侗为主的各族百姓的反抗。"

成化又问："那为什么单单瑶族闹得最凶呢？"

周敏文答："当地民谣说：瑶族住山头，苗族住岭头，壮族住水头，汉族住田头，显而易见瑶族的土地贫瘠。除了土地少和对食盐的需求之外，瑶族造反还有一个《过山榜》的问题。"

成化说："怎么回事？什么是《过山榜》，与它有何干系？"

周敏文说："此事说来话长，容小人慢慢禀报。"

成化饶有兴趣地听着："你慢慢说，朕想听。"

周敏文说："《过山榜》又名《评王券牒》。相传在三皇时代的一次战争中，瑶人首领救了汉王，汉王就把女儿下嫁瑶王，并承诺只要汉人当权，瑶民就不用交粮纳税。过山可以开山，过水可以用水，所以瑶人又叫作过山瑶。瑶人很少定居，他们喜欢放火烧山，造田耕种，地贫了，他们又翻山越岭，举家迁徙。瑶人是没有文字的，开始只是口口相传盘瓠救主的故事，可到了唐宋年间，出现了一份文字的《过山榜》，瑶人视其为神物，每遇大事，必先拿出来举行祭拜仪式。指责是我汉人背信弃义，违反契约，征收赋税，蛊惑瑶人抗粮。瑶人头脑简单，迷信《过山榜》保佑，一个个打起仗来便不要命。"

成化问："那应该怎么应对呢？"

周敏文说："文武之道，一张一弛，这次在大军征伐的时候，一定要先收缴这份《过山榜》，并发文宣告其为伪书，从精神上先打垮他们。"

成化说："说得好，当年秦始皇焚书坑儒，就是要把六国以前的旧契约、旧文化统统销毁，让复辟六国、恢复分裂的人失去凭证。你看，一个小小的口头传说，只要变成文字的东西，就能起到蛊惑民心的作用。《过山榜》这种东西必须销毁。你能看到这一点，就不是个书呆子。我们很多读书人，以儒生自居，整天骂秦始皇焚书坑儒，其实他们懂什么？江山一统，交税纳粮，这是百姓的责任。瑶族造一份《过山榜》就不上税不纳粮，那其他族呢，都学着搞这个榜那个榜，朕只让汉人交税吗？所以，《过山榜》这种东西是很可怕的，为什么本朝以前就没有瑶人造反呢？你今天就从根上挖出原因了。就凭这一点，就不愧是状元。"

周敏文听皇上说出"状元"二字，当场下跪叩首。

成化说："听说你父在广西效力，任何职？"

周敏文说："广西象州知府周明德。"

成化赞道："真是虎父无犬子。周明德朕知道，文武全才，是个好官。这样，你随军出征，着力处理《过山榜》的事，攻心为上。找到这份《过山榜》带给朕瞧瞧，是什么东西能蛊惑人心到如此地步，让瑶子闹成这样。"

周敏文再三叩谢成化皇帝的抬爱，他知道瑶人奉为神灵的那个《过山榜》在谁的手里。

3. 瑶王三宝

广西瑶王土司盘富贵有三宝：宝刀、宝书、宝贝女儿。这在瑶族里是出了名的，其中宝书就是《过山榜》。

元明时期，在汉族和少数民族杂居之地，往往采取流、土分治之法，也就是朝廷派遣的流官和当地土司共同管理。土司职衔分武职和文职两种。武职为宣慰使、招讨使、长官使、蛮夷使诸种，隶兵部武选，省部指挥领之。盘富贵就是官职达到从三品的宣慰使，是土司中官职最高的，可世代相传，保持对一个地区的独家统治。同时，在重要地区，朝廷也设有卫所，派驻重兵，由流官指挥，广西就是这种情况。

瑶族有许多姓氏和分支，而盘姓和盘瑶支系都是排在首位的，因为那位盘瓠救汉王的大英雄就姓盘，而他的后代自然是盘瑶分支。

宝刀和宝书是瑶王地位的象征，瑶族重大活动时要用，传说都是始祖盘王留下来的宝物，实际上是唐宋富裕年景时找秀才制作的，三皇五帝的时候还没文字、纸和钢铁，哪里会有这么精美的宝书和宝刀呢。但普通瑶民不管那些，你说得越久远越好，要不哪里来的迷信呢？唯有瑶王的宝贝女儿却是真的。整个大瑶山包括十万大山，没见过这么美丽的姑娘，而且精通汉文，掌握巫术，能歌善舞，她还创制了一种文字，自称"女书"，传到湘桂女娃当中，都称她是大瑶山的凤凰，而她的名字就叫盘凤飞。凡是见过她的男娃没有不流口水的，要不怎么会成为周敏文的娃娃亲？当然，这里也有一段渊源。

那还是几年前的一个盘王节，知府周明德带着夫人和小敏文前来祝贺。大人们在前厅客套时，小孩子们在后院玩耍。瑶王土司盘富贵的儿子盘点灯年纪最大，他带着小敏文、师公的儿子盘石，还有凤飞等十几个孩子来到了瑶王酒窖。瑶人喜欢用山里的蛇、蟒、蛤蚧、蚂蚁以及各种药材泡制药酒，酒窖里有几十个泡酒的大缸，缸上面用竹篾子加盖。小盘点灯领着大家参观，他逐个打开盖子让大家看。当来到一个泡蛇酒的酒缸时，周敏文吓得往后退，盘点灯笑着把手伸进酒缸，说没事的。盘石挑衅地对小敏文说："你敢吗？"小敏文说："你敢吗？"小盘石也把手伸进了酒缸。小敏文没有办法，鼓足勇气把手伸了进去。小盘石的手里有一把小刀，就在这时，他用刀往酒里的蛇身上一刺，一条大蟒蛇突然间腾空而起，跃出缸外。孩子们吓得四散而逃，只有小敏文不知所措，落在了后面。所有的狗狂吠起来，大人们奔向后院，他们看到，小敏文被吓得跌倒在地，蟒蛇醉醺醺地扑向小敏文。就在这千钧一发之际，只见小凤飞跑上前来，挡在小敏文身前，端坐在地，手拿一支小竹箫吹了起来。蟒蛇闻声而止，停了下来，不仅不攻击，反而摇头摆尾闻歌起舞。见状，众人无不赞叹。盘富贵上前抓起蟒蛇重新丢回缸里。就这样，酒席宴上，周明德提出要认娃娃亲，盘富贵却没有应允，因为瑶人坚持瑶汉不通婚。

周敏文生长在瑶汉多民族地区，他多次随父亲参加盘王节，多次见过《过山榜》，所以他了解瑶族文化，了解《过山榜》。他也喜欢盘凤飞，如果没有考中状元，他会和盘凤飞结亲，毕竟是瑶王土司的公主，与流官知府算得上是门当户对。但如今可不同了，他更想做皇亲国戚。为此，他心中只想着快点回瑶山，搞到那份《过山榜》献给成化。

4. 万国驿站

今天的北京前门大栅栏一带，明代时就很热闹，因为这里有明朝的国宾馆，叫作"万国驿站"。当时的达官贵人、富商巨贾以及各番国和异族进京朝贡的使者，大多下榻在此。

就要出征了，张羽带着周敏文在临行前的一个晚上，专门到此，出席"万国驿站"奉祖辉老板为他们举办的欢送晚宴。

说起这位奉老板，可非同一般，四五十岁的年龄，参加过郑和的船队下过西洋，跑过陆上丝绸之路去过西域，会说多种语言，为人豪爽大方，在京城没有他不认识的人，没有他办不成的事。他和张羽是老朋友，这次不知道他从哪里得知了张羽要当监军南征的事，非要搞一场送行宴会。为了保密，就三个人，张羽、周敏文和他自己。主客落座，喝的是洋茶咖啡，进来六个西域美女，端上来美酒佳肴之后，每人身边坐两个端酒夹菜，根本不用你动手。酒过三杯，聊了起来。

张羽说："老奉啊，还是你够意思，这满京城没人给我俩饯行，就你老奉想着我们。"

奉祖辉从美女手里接过酒杯，高举过头："我再敬三杯！这出征可是天底下的头等大事，我老奉要么不知道，既然知道了，就一定得好好敬杯得胜酒，祝二位旗开得胜，马到功成，干！"

张羽说："老奉啊，这瑶蛮闹腾一百来年了，你说说看，这仗到底应当怎样个打法？"

奉祖辉说："张公公啊，您就别难为我了，我没当过兵，哪里懂什么用兵打仗的事啊。听说这次万岁爷动真格的了，要不怎么惊动您老当监军啊。"

张羽说："是啊，新官上任三把火，成化皇帝可是要毕其功于一役，把长江以南的兵差不离全调过去了。"

奉祖辉说："听说状元郎在广西长大，皇上可真是知人善任啊！"

张羽说："可不是吗？你别看状元郎年轻，给皇上提出的方略可是老辣，是什么攻心战。状元郎，你说说。"

周敏文说："还是您老说吧。"

张羽说："你提的方略，我哪儿说得清啊？就是瑶人打仗先要拜一个什么榜，要是能把这个榜搞过来，这瑶子军心就没了，这就是老孙说的不战而屈敌之兵吧。"

奉祖辉说："什么榜有这么厉害？"

张羽示意周敏文说。

"《过山榜》。"周敏文说。

奉祖辉说："真要这样就太好了，少死多少人啊。"

张羽说："可不是吗？要不怎么说秀才杀人不见血呢。"

奉祖辉说："我听说广西大山里有一种草药，叫作'一身温暖'，专治宫寒。您要是能弄点来孝顺万主，那可就功上加功了。"

张羽说："还是你老奉知道得多，状元郎，好好学着，这事就交给你了，谁让你当她的侄女婿啊。"

奉祖辉惊讶地举杯敬周敏文："还有这么一层，那可得好好敬一杯，状元郎前途无量啊！"

深夜，一只鸽子从"万国驿站"飞上天空，一直向南飞去。

5. 为子挡枪

子时刚过，城门大开，象州知府周明德率领卫所的一支兵马在夜幕中出发了。

骑在马上的周明德可谓意气风发。这几天，是他人生中最得意的时候。京城快报：儿子敏文高中状元。这杯喜酒还没端起来，又传消息：儿子被成化宠妃万贵妃看上，成为备选的侄女婿。这高兴劲还没完，第三封快报又进门了：儿子被封为16万大军的副监军，和大太监张羽一起不日就将抵达广西剿贼前线。新科状元，皇亲国戚，大军统帅，这是多大的恩宠啊，三顶桂冠压得他喘不过来气。连日来，有无数的人前来送礼祝贺。是啊，任何人家能够得到三顶帽子中的一顶，都是祖坟上冒青烟了，双喜临门那是传说，这一下来了三顶大帽子，邻近几个省都轰动了，这才刚是成化元年啊，往后头走，儿子的官还不定能当多大，老周家洪福齐天了。

然而，在巨大的喜事来临之际，周明德也还保持着一丝清醒。古人言，福无双至，老周家真的有这么大的福分吗？他总感觉到有哪里不对，弄不好会出现问题。细细琢磨，他意识到，战事的风险和变数最大，敏文毕竟未经战事而身居高位，绝不能让儿子重蹈纸上谈兵的覆辙。他必须帮助儿子挡住一切危险。所以，他抢在敏文回家之前行动，企图为儿子扫平道路。

出征前，周明德举行了隆重的祭旗仪式。他有意想要瑶人知道自己的行动。象州城里有瑶人的探子，他就是想让对方了解自己的行动，然后躲起来。说心里话，他不想和瑶民打仗，他不认为打能够解决问题。他在这里当官二三十年了，已经和瑶、侗、壮等少数民族的土司以及民众建立一种友谊和默契，大家相互体谅，互不为难，即使在年成不好的情况下，即便有一些民众造反抢粮的过激行为，他也能够控制住局面，无非是一头向朝廷叫苦，一头压住土司。天高皇帝远，在这里当官，能瞒就瞒，与当地民族土司的关系，比与朝廷的关系更实惠。这么多年来，他用虚张声势的战法，才得以保住了命，又保住了官。今天他依然想使用老法子蒙混过关。

然而，这一次，老狐狸失算了。

6. 犬哨报警

周明德的队伍刚出城门，就被城外小山坡上的瑶军探子发现了，尽管是周明德故意想让他们发现的。

山坡树林中的探子一拍身旁的黑狗，黑狗箭一般飞奔而去，沿着山间小路，返回大瑶山。

大藤峡，两岸崇山峻岭，江水湍急，有藤粗如斗，连接两岸。以其为中心，包括广西东南部的浔州府、梧州府与平乐府西部及柳州府南部，方圆六百余里的地方，称为大藤峡地区，其中心在周明德的象州府，这里聚居瑶族人最多，也是瑶族造反部队的根据地。

一条又一条的狗相互接力，奔跑在峡边山路上，把明军进犯的消息送进大瑶山。

盘富贵带着盘瑶武士和男丁严阵以待，隐藏在大藤峡的山林中。

连日来传来的消息很不好。朝廷16万大军先把大藤峡地区团团围住，然后再沿着各条道路进剿，稳扎稳打，步步为营，集中力量首先围攻起义军首领侯大苟的指挥部所在地——九层峰地区。侯大苟来信，让盘富贵务必带着盘瑶在大瑶山打个胜仗，一方面鼓舞士气，更重要的是能够把敌人的注意力从九层峰地区引开。这是自侯大苟起义以来没有过的事情，他一直不想让盘富贵暴露。盘瑶是瑶族各分支的头，《过山榜》就在盘富贵手上，本来盘富贵已经带着自己的盘瑶钻洞了，接到侯大苟的来信后，他把老人、女人、孩子留在洞里，自己带着能打仗的男人来到山下布阵，准备伏击一股明军。

他布的伏击阵是：儿子盘点灯在圣堂湖打头，截击明军先头部队；师公盘钱粮在大藤峡断尾，不让敌人跑掉；自己带主力在圣堂山出击，打明军主力。占领位置后，瑶兵在山林峡谷设置了许多机关，本来是打猎对付野兽的，用在打人，够明军喝一壶了。

7. 我要度戒

瑶族是一个在山地生活的民族，他们有自己的原始宗教和图腾崇拜，宗教执掌者被尊称为师公。师公是瑶族文化的传播者和教育者，是瑶族的民间医生，是瑶族民间人与鬼神之间的使者，在发展过程中，瑶族宗教受到了汉族道教文化的影响，一直传到今天。盘富贵的师公叫盘钱粮，他也是盘富贵的堂弟，二人合作领导着盘瑶支系。

这次出征之前，盘富贵让盘钱粮算过，是大吉必胜之卦，二人还组织瑶兵对着《过山榜》起誓。此时，两人又亲自带兵埋伏在战场上。

　　盘钱粮有个义子叫盘石，今年15岁，快到度戒的年龄了。度戒是瑶族成年男子必经的宗教仪式，未经度戒不算成年，不能结婚。盘石现在最大的心愿就是赶快举行度戒仪式，这关过了，他就可以正式求偶了。他的梦想是当盘凤飞的老公，尽管别人说他不配，是癞蛤蟆想吃天鹅肉，但他自己痴心不改，他一定要做一件惊天动地的大事来证明自己是配得上的。这不，爷俩在战场上还在商量着度戒这件事。

　　盘石说："阿爹，这一仗打完了，你就该给我做度戒了吧？"

　　盘钱粮说："急啥子啊，你还不到年龄呢。"

　　盘石急了："谁说不到？我都15了。"

　　盘钱粮说："你一个娃崽，有什么事这么急嘛？"

　　盘石说："说了你不许笑，我急着爬楼梯呢。"

　　盘钱粮说："爬谁的楼？"

　　盘石说："还有谁的？你也不是不知道。"

　　盘钱粮说："你不说，我怎么知道？"

　　盘石说："哎，告诉你也无妨，就是凤飞姐姐。"

　　盘钱粮说："什么？你还真的打她的主意，也不看看自己有几根毛。"

　　盘石说："我就喜欢她，别人我不要。"

　　两人正说着，一条大黄狗飞奔过去，林中所有的狗都站立起来，大战在即。

8. 活捉主帅

一只雄鹰从密林中腾起,飞向天空,在骄阳和蓝天的映衬下,它是那么耀眼。这是盘富贵的猎鹰,它的升空是瑶王的命令,狩猎开始了。

紧接着又有两只猎鹰从大瑶山两端飞上天空,它们是盘点灯和盘钱粮放出来的,是告诉盘富贵"我们知道了"。

密林之中的瑶兵都能看到并读懂这三只鹰升空的含义,他们松开了自己的猎犬,无数只猎犬从密林中扑向道路上行进的明军人马。

狗或者叫犬在瑶族人生活中具有重要的地位,除了看家狩猎之外,这种动物还是瑶族的图腾,并具有祖先的象征意义。《过山榜》的传说又叫盘瓠救主,而盘瓠在传说中最初就是一只金毛犬,后来变成了人。今天瑶族学术界重新解释是以犬为图腾的瑶族人立下了战功。现在,几千年前的战斗场景此时又重现了。

勇猛的猎犬箭一般冲过来,把明军冲得人仰马翻,四分五裂。当他们举起利器展开厮杀时,这些精灵已经跑回密林之中。在道路和河滩上的明军暴露在外,很快就遭到弓弩的射杀。

明军举起盾牌掩护冲进原始森林,却陷入了更悲惨的陷阱之中。

浑身涂满泥浆和色彩的瑶兵隐藏在树林里,很难被发现,他们在你靠近到身边时,才用吹管、弓弩射击。

在寂静的树林里，明军很难发现瑶兵，他们藏身在树叶和草丛后面，有时他们故意发出声响，引诱你靠近，这时你一定会离陷阱很近。当你落入陷阱里面时，迎接你的就是生不如死的境地，陷阱里要么是竹签、竹钉，要么是各种铁夹，要么是毒蛇、虫子。

另外，瑶兵还利用树木设置了很多撞击物，用藤条制作了绊索、网兜，明军进入密林等于是自投罗网，寸步难行。

相反，瑶兵多在树上活动，利用藤条和树枝飞来荡去，行动迅疾，如同猴子一般。不久，树林中就传来一阵阵明军的哀号声。

明军先头部队妄图从圣堂湖峡口冲出包围，盘点灯率瑶兵冲出密林，一路追杀到河滩，面对勇猛的瑶兵，明军官兵上天无路入地无门，只有纷纷举手投降。

周明德以为盘富贵会像以前一样，躲在山洞里不出来，不敢和明军硬拼。所以，自己骑着马在队伍后面想心事，仗打起来后，他并不在指挥位置，而是在队伍最后。他立即带人抢占了一个河边的小山包，并叫喊鸣金收兵，可是，他的队伍已经四散而逃。就在他还没有弄清东西南北的时候，一个人揪着藤条从天而降，一下子飞到他身边，抱着他就落在河里。他呛了几口水抬起头时，就听到一个孩子的声音："我抓住周明德了！"

9. 盘石的神

千家峒，盘瑶祖居的寨子，也是大瑶山里最大的村寨，盘富贵的土司府就在这里。

黄昏时分，夕阳格外美丽。

老人、女人、孩子已经从山洞里回来，杀猪宰羊，准备犒劳打了大胜仗的勇士。

寨子边上，盘点灯领着十几个勇士正在挖一个大坑，不远处是几十个明军战俘，他们被捆绑在一起，蜷缩在草地上，狼狈不堪，惊恐不已。几只猎犬在四周警惕地看着他们。

更多的猎犬在寨子里跑来跑去，在杀猪宰羊的地方，它们总能得到奖品——骨头。

盘富贵和盘钱粮两人在土司府议事厅里一脸严肃，他们在商量应当如何处理战俘，尤其是老朋友周明德。

盘富贵没想到会抓住周明德，就和周明德不想抓盘富贵一样，他们二人已经交往二十多年了，谈不上情同手足，也算是患难之交。

在周明德眼里，盘富贵是个比较开明的人，他从来不会主动挑头闹事，常把"瑶汉一家"挂在嘴上。毕竟《过山榜》讲的是瑶王救汉王、汉族公主嫁瑶王的故事。

而在盘富贵的心目中，周明德也是一个少有的好官，不贪不占，体恤民情，看得起瑶族兄弟，盘王节等少数民族的重要活动，只要知会都会来祝贺。更主要的是，他还提出过和自己结

亲，尽管自己并没有答应。在他们俩的共同努力下，六百里大瑶山大藤峡地区，就只有象州这么一方稍微安宁的地方，如今把他抓来了，暴露了自己，如何补救呢？杀了容易啊，可到哪儿再去找周明德这样的好官呢？

土司府楼下一间小房里，临时关押着周明德，他还被捆绑着，浑身湿透了，冷得发抖。

盘石在寨子里转来转去，他要好好享受一番当大英雄的感觉。

就在这时，他发现他心中的那个"神"终于出现了。

盘凤飞，瑶王的宝贝女儿从她的瑶楼里下来了，走向土司府。

"姐，周明德是我抓的。"盘石赶紧凑上来，他一直在等着向她报告自己的英雄事迹。

盘凤飞朝他笑笑，但没吭声。

"姐，这两天我要度戒了。"

"姐，周明德就关在府里小屋，可丑了，你要看吗？我带你去看。"

盘石一路上叨叨，他想表达的意思是自己很快就有资格向她求爱了。

两人走到关押周明德的地方，盘石对看守说："快开门，我姐来了。"

要是平时，盘石说话没什么用，但今天不一样了，毕竟周明德是他抓的，他当大英雄了。

看守打开了门，盘凤飞走了进去，被捆绑的周明德抬头看了一眼，面无表情。

"解开绳子。"

屋里的人都愣住了。

10. 汉爸不好

盘石和看守都愣住了，谁也没动，也不敢动。

她自己走上前来，从腰间拔出一把小刀，割断了绳子。

周明德没有抬头，但稍稍活动了一下手脚。

盘凤飞从身上解下了一个水壶，松开壶盖，递了过去："汉爸，喝口酒暖暖吧！"

周明德接过水壶，贪婪地喝了起来。

"打桶水来。"盘凤飞说。

盘石跑了。

"你去！"盘凤飞命令。

看守出门，用木桶提了一桶水。

盘凤飞从腰上解下一条新毛巾，在水里蘸湿来给周明德擦脸。

周明德推开，叫道："你不要这样，过去的，都过去了。"

是啊，过去，盘凤飞在周明德家住过一段时间。那是在她救了周敏文之后，周明德坚持要把这个女娃接到家里，和他的孩子一起学习汉文。那时，周明德让她管自己叫"汉爸"。后来，盘富贵坚持把女儿接回瑶山，和师公学习瑶族文化。自古瑶汉不通婚，这是《过山榜》定的。传说是汉王把女儿给了瑶王后有言，永远不要瑶族的女人。作为瑶王，他不能带头坏了规矩。

"阿凤，过去的，就让它过去吧，是汉爸不好，不该来打瑶山。"周明德沮丧地说。

"你知道啊，晚了！"盘富贵和盘钱粮走了进来，原来是盘石跑上楼把他们唤来了。

"你们调了16万兵马来攻打我们大瑶山，你们想把我们瑶人杀光吗？我们瑶人在山里，要粮没得吃，要盐没得吃，你们还要抢粮断盐，不给就派兵来杀，今天是你自己跑来杀人的，怨不得我了，你想怎么死法？我成全你。"盘富贵说。

就在这时，盘点灯急急忙忙跑进来，和盘富贵咬耳朵。

盘凤飞站在身边，没有听完就跑了出去。

11. 自嫁救父

千家峒寨子的选择和防御设施是非常讲究的。寨子在大瑶山群山之中，三面是圣堂湖水环抱，一面在圣堂山绝壁里面，绝壁前有古藤桥，控制古藤桥的是巨石砌起来的高大城墙，不走过古藤桥和古城墙，你根本看不到里面的寨子和美丽的湖光山色。所以，这仗尽管打了上百年，千家峒就像桃花源一样，安然无恙。

周敏文在古城墙外下马，告诉哨兵自己的身份。其实，千家峒的年轻男子大都认识他，他毕竟是州官的公子，而此时他的父亲周明德就被关押在寨子里面。

周敏文下午一进家门，就接到父亲兵败被俘的消息。母亲领着全家老小正着急呢，一见到他回来了，就全都扑了上来，哭着喊着叫他无论如何也要把父亲救出来。周敏文是个大孝子，他想都没想，就骑上马上了大瑶山，直奔千家峒。小时候他来过多次，所以路是熟悉的。

盘凤飞第一个跑上了城墙，见到哨所里的瑶兵张弓搭箭瞄向敏文，急忙喊："放下弓箭，他就一个人，你们莫要慌。"

周敏文看到盘凤飞忙喊道："阿凤妹妹，我阿爸怎么样了？"

盘凤飞大声说："还活着，你来做什么？不要命了！"

周敏文喊道："我来救我阿爸，你求一下子你阿爸，不要杀了我阿爸，叫我做什么都可以！"

盘凤飞笑了："是吗，做什么都可以？你可以做瑶人吗？"

周敏文一愣："可以，只要你们不杀我阿爸，让我当牛做马都可以。"

盘凤飞喊："我不让你当牛做马，我只要你做瑶人，做我的人。"

周敏文答应："可以，我就嫁给你，当一辈子瑶人。只要你们不杀我阿爸，放了他。"

盘凤飞问："你敢和我一起进寨子吗？"

周敏文说："有什么不敢？我现在就和你一起进寨子。"

盘凤飞让瑶兵打开城门，放周敏文进来。

当其他人赶过来时，盘凤飞已经拉着周敏文的手进了寨子。

12. 不孝之子

"不行，我不同意。"

瑶王议事厅里，大家在商议周敏文按照瑶族的风俗嫁给盘凤飞这件事，盘富贵、盘钱粮、盘点灯、盘凤飞和周明德、周敏文父子在一起。可是，让大家万万想不到的是，周明德坚决不同意。

"爸，你就同意了吧，这件事不就是您老最先提出来的吗？"敏文在劝着父亲。

"不行，此一时彼一时，过去同意有同意的道理，今天不同意有不同意的道理。"周明德坚持着。

"我倒要听听，你有什么道理。"盘富贵瞪眼说。

"过去我是娶媳妇，现在是嫁儿子。我是汉族人，哪里有这个道理？"周明德说。

"这有什么不好吗？我们瑶族就可以啊。况且，我还没有答应娶你儿子呢。"盘富贵说。

"娶男人那是你们瑶族的风俗，我们汉人丢不起这个人。"周明德说。

"什么？你看不起我们瑶族的风俗？"盘富贵急了。

"你们瑶族的风俗就是落后，这还要我说吗？"周明德在刺激盘富贵和瑶人。他是真的不能答应这个条件，道理很简单，儿子已经答应万贵妃了，这是真的事情，因为自己一条命就坏了儿子的前程，自己还有什么脸面对祖宗啊！所以，他宁可死，也不能苟且偷生。

周敏文是个纯粹的儒生，"孝"是第一位的，只要能救父亲的命，当不当万贵妃的侄女婿是小事。

盘富贵和盘钱粮此时的心情很复杂。他们俩今天打完仗回来一直在商量，打了这一仗、抓了周明德怎么收场。现在大形势太复杂了。朝廷调了16万大军进广西，把大藤峡地区团团围困，起义军在其他地方都打败仗，唯独盘瑶打了胜仗，一定会引火烧身。更要命的是把周明德给捉来了。今天的周明德不是昨天的周明德，他是个州官不可怕，但他儿子可是不一般了，要是把16万大军都领到千家峒来，那盘瑶可就完了。真是胜不可尽兴，败不可灭族。请神不容易，送神也不容易。现在周敏文来了，好生谈谈，让他把周明德领走，大家说几句好话也就过去了。如果这个周敏文当上门女婿，也有好处，至少他不会领兵来打千家峒了。怎么现在这个周明德又不干了，本来是救他的命，他不想活了？

是的，此时周明德真的不想活了。"不孝之子！"他大骂周敏文。

"好了，不骂了，敏文大侄子考上状元了，今晚先给敏文接风，其他的明天再说。"

瑶王盘富贵设宴，周明德吃得多了，可今天的酒，真的不好喝。

13. 勇挡双刀

成化元年，迎来新皇帝的生日，普天庆贺。

宫门大开，奉祖辉引领各国使节，带着贡品上廷朝拜大明皇帝。

成化在御座龙椅上端坐，奉祖辉是今天的翻译，伺候在大廷之上，逐个唱名介绍。

隔着垂帘，万贵妃在看热闹。她慢悠悠地端着茶杯，品着香茶。

百官列在两侧，饶有兴趣地看这吉庆隆重的场面。

奉祖辉介绍着来自琉球、哈密、撒马尔罕的使者，这些人都住在万国驿站，他都认识。

安南使者上贡品了，使节后面跟着两个仆人抬着盒子走上前来，奉祖辉一愣，他有一种不祥的预感，因为这两个人他不认识，从相貌到气质看他们不像是一般的仆人。

使节指挥仆人打开贡盒，里面是精美的沉香雕刻。

万贵妃敲敲茶杯，朝成化使了使眼色。成化心领神会，站起身接万贵妃走上前来，仔细打量着木雕，赞不绝口。

就在这时，安南使者和两个仆人对视一下，按动机关，木雕里飞出两把匕首，两个仆人手持匕首，向成化和万贵妃刺去。

朝廷上所有的人面对这一突发的危局，全都惊呆了，连警卫也无能为力。

就在这千钧一发之际，只见奉祖辉迎上前来用自己的身体挡

住刺向成化皇帝的匕首，又一脚踹开另一个刺向万贵妃的刺客，把成化和万贵妃都挡在了自己的身后。另一把匕首又刺进他的腹部，但他用两只手死死抓住两个刺客的手腕，使之无法抽出匕首。就在这段时间，护卫赶到，用长枪刺进刺客和使者的身体。刺客倒下的同时，奉祖辉也倒在血泊之中，身上还插着两把匕首。

成化在惊慌之后平息下来，看着奉祖辉大声喊："叫御医，赶紧救人。重赏，重重地赏。"

14. 盘石逞强

明月高悬，映照着瑶民打了胜仗后的喜悦，千家峒里摆开了百家宴。

在土司府前，各家的桌子连在一起，摆满了酒肉。

百家宴的中央燃烧起熊熊的篝火，酒喝起来之后，可以即兴起来歌舞和表演。

几十个战俘已经被关押到了屋子里，松了绑，有水和饭，这意味着他们有了生的可能。敏文少爷来了，他是来救老爷子的，老爷子死不了，他们当兵的自然也能生还。

盘富贵、盘钱粮在土司府单独和周明德喝酒。

周敏文被盘点灯、盘凤飞带到百家宴和年轻人一块吃。敏文从小就随父亲常来这里，大家对他也不陌生。瑶族人的思想很简

单，喝酒就是朋友，打仗就是敌人。现在在一起喝酒，就一起快活。

盘石可郁闷死了。他怎么也想不通，白天他还是受大家尊重的大英雄，到了晚上，他又成了孩子。他把这一切归结为自己还没有度戒。他急着找他阿爹盘钱粮，一定要他马上给自己度戒。他已经感觉到了周敏文的到来是对自己幸福的巨大威胁。他的生命里只有一个目标，那就是要得到盘凤飞，要娶她做老婆。

百家宴已经开场，男女老少围着篝火边吃边喝，且歌且舞。

周敏文和盘家兄妹坐在中间首席的位置，这是瑶王家固定的席位。

大家纷纷过来给盘点灯兄妹敬酒，自然也就给周敏文敬酒。

盘石提了一罐子苞谷酒，挑衅地对周敏文："敢吗？喝一大罐子！"

周敏文举起一小杯："你是大英雄，我喝不过你，喝一小杯吧。"

盘石："不行，要碰，就是一大杯。"

盘凤飞起身挡驾了："盘石，别胡闹，你还没度戒呢，谁让你喝酒了？"

盘石："我爹讲了，过一两天就给我度戒，那时，我就和你结婚。"

盘凤飞："莫瞎讲，你是我弟弟，谁要和你结婚啊？"

旁边，有青年男女对歌，盘石又提出要和盘凤飞对歌，盘凤飞不理他，却给周敏文夹菜。

盘石走到篝火边的簸箕肉那，用刀割下一大块肥肉，用刀挑着回来递给敏文，敏文怕肥不要。盘石大口吃着，笑他不是男人，连肥肉都吃不得，又举起罐子喝了一大口酒。转回身，盘石又走到火堆旁，用铲将火炭铺开，赤脚踏入火炭之中，这是瑶族的绝活"下火海"，盘石年纪轻轻就有此身手，引来一阵喝彩。盘石更加得意。

然而，在盘凤飞的心中，只有这个儒雅俊俏的敏文哥哥，她可以为他抛弃一切。盘石只是一个好弟弟。

盘石被几个年轻人拉到旁的桌喝酒去了。盘点灯悄声对周敏文说，你要真想嫁我妹，我告你一个法子。

周敏文伸过头去。

15. 篝火情歌

午夜了，百家宴大都撤了，只剩下一些精力旺盛的年轻人还在篝火旁饮酒对歌。

月亮隐藏在云朵之中，今晚的圣堂湖边会有更多的欢愉。

远处传来一个女娃的歌声：

我有瑶乡芳草地啊，
只怕傻牛不会犁。
我是圣堂山上美丽的花啊，

只怕蜜蜂不知她。

一个男娃对山歌：

肥沃的田地不怕没牛耕，
美丽的花朵不怕落蜜蜂。
耕后育出禾苗壮啊，
酿出蜂蜜给后生。

圣堂湖边，圣堂山上，田野里，山水间，情歌声此起彼伏，一双双的青年男女在追逐、漫步、搂抱，瑶乡的野性和昼间的战场一样，如火如荼。

盘石一个人在漫无目的地寻找着，他还没有度戒，所以不能参加这个游戏，没有哪个女娃会应他。他边走边念叨：我快度戒了，我快度戒了。

在一棵大榕树上，盘点灯和阿青像两只豹子一样，耗尽了一天战斗剩余的精力。两人躺在树干上喘息了好一阵，才逐渐平息下来。

"你教他什么主意？"阿青问。

"爬楼。"盘点灯疲倦地说。

"他会吗？这可是瑶人求婚的风俗，爬了就下不来了。"阿青又问。

"就看他自己了。"盘点灯说。

阿青说："你觉得他们能成吗？"

盘点灯说："成不了。"

阿青问："那你为什么还让他爬楼？"

盘点灯自言自语："爬过了，就过去了。"

"什么过去了，过去什么了，我怎么听不懂？"阿青说。

盘点灯轻声说："过山了，过山了……"

"过山了，什么意思？"阿青问。

盘点灯转过头来，望着阿青疲倦的面容，突然抱紧她。

"别闹，还没闹够啊？"

盘点灯松开她，"过山了，就是这个意思，你已经过了。"

阿青羞得捶他："坏蛋，这是什么过山，是……"

盘点灯问："是什么？"

阿青说："坏蛋，不理你了。"

16. 敏文爬楼

盘点灯给周敏文出的主意是"爬楼"。这是广西瑶族独特的婚恋风俗。

瑶族选择的村落，一般依山傍水，搭建两层木楼式建筑，也有为姑娘搭建的吊脚楼。吊脚楼就像一顶花轿悬挂在空中，有木结构干栏。当姑娘到了谈恋爱的年龄，父母就安排她们在吊楼里居住。有小伙子看上了姑娘，在夜幕降临时，就会前来相会。他

们先用竹竿敲打木栏，通知姑娘，如果姑娘愿意就会打开窗户，这时，小伙子就可以上楼了。由于没有楼梯，小伙子需要爬上吊脚楼，两人在房间里安静地谈情说爱。

周敏文是汉族人，他如果爬了盘凤飞的吊楼，就说明他真的有诚意了。

盘点灯告诉周敏文"爬楼"的方法，故意让盘凤飞也能听到。

当百家宴即将结束的时候，盘点灯拉着阿青的手先离开了。盘凤飞抱着小猎犬它它站了起来，离开宴席，往自己的吊脚楼走去。周敏文又坐了一会儿，便赶来"爬楼"。

一切都非常顺利，与其说周敏文是爬上来的，不如说是被盘凤飞拉上来的。每一个瑶族姑娘都盼望自己的心上人能来爬吊脚楼，盘凤飞盼望这一刻已经很久了。她有梦想，但她不敢相信会有这一天，周敏文能来爬上这座吊脚楼。从小的时候开始，她的心中就喜欢这个汉族的男孩。每年盘王节，他的父亲会带他来，她才能见到他。他和瑶族孩子不一样，衣着整齐，言语文明，眉清目秀，温文儒雅。自从在酒窖救了他之后，她到城里他的家里住了三年，和他朝夕相处，度过了最幸福的时光。她知道什么叫媳妇，她愿意做他的媳妇，过汉族的生活。她知道，他也喜欢自己，他一直用目光透露出爱意。但是，她的父亲和族人不同意，只是因为种族不同，因为有《过山榜》，瑶汉就不能通婚。可是，始祖盘王不是也娶了汉族的公主吗？她有太多的疑问，但残酷的现实是，她想见到他更难了。今天，他爬进了自己的吊脚楼，她的梦想成真了。

她迅速地把他拉了上来，然后就扑到了他的怀里。他想说什么，但她不让他说，因为行动的感受比语言更幸福。她知道，她的幸福时间不会太长，太阳出来的时候，他一定会离开，可能会是永远的别离。她想并试图给他更多的东西，但他不敢要，他的文化不允许。它它静静地趴在一边，它不知道今夜主人为什么不抱它，而是让别人抱。

不知道过了多久，窗外又传来了爬楼的声音。她不开窗，窗外是喝多了的盘石。他拼命地吼叫："我就要度戒了，你放我进来吧，你为什么让汉人爬楼？周敏文是汉人，你不能嫁给他，《过山榜》讲了，汉人不能要瑶族女人。"就这样他一直喊着闹着，直到盘点灯过来把他抱走。

当窗户打开，敏文爬下楼的时候，迎接他的是蹲在楼下一脸怒气的父亲周明德。

17. 一言为定

吃过了早饭，盘点灯和盘凤飞把周明德父子以及俘虏的明军一起送出了寨子。

在过城门的时候，周敏文对盘点灯说："点灯大哥，谢谢你们放了我爹，你放心，我说话算数，过两天，我就会赶回来下聘礼。"

盘点灯："一言为定，一路走好！"

周敏文转头和盘凤飞打招呼时，却只见她已是泪流满面。

盘凤飞对周明德说："汉爸，您老保重！回去和全家带好！"

周明德"嗯"了一声，也没抬头，匆匆而去。

被释放的明军死里逃生，过了大藤桥，一个个对周敏文千恩万谢，只有周明德不但没有生还的喜悦，反而是愁容满面。

周敏文走近父亲，轻轻地叫了一声，没有得到任何反应。

周敏文轻声说："您别想太多，只当我没考上，没当官，您老身体要紧。"

周明德面无表情："幼稚！"

翻过圣堂山，在山口有大量的明军，见到周敏文父子，齐齐行礼。

周明德父子骑上了马，在明军的护卫下赶回象州城。

此时，监军张羽已经到了象州城，正在发火呢。这些兵就是按照张羽的命令在此等候。这回周明德父子难交账了。

18. 传来噩耗

薄雾笼罩着大瑶山，千家峒勤劳的瑶民早已劳作在田间。

中午时分，盘富贵唤人叫盘点灯和盘凤飞兄妹来议事厅。

二人进来时，只见一个外乡的瑶人正在向盘富贵和盘钱粮哭诉。盘富贵和盘钱粮也跟着掉泪，然后叫仆人带那人去休息。

"怎么样？出什么事了？"盘点灯问。

"出大事了。"盘富贵边擦泪边说。

"出什么大事了？"盘点灯着急地问，因为他还从来没见父亲流过泪。

"你侯叔死了。"盘富贵说。

"怎么会呢？"盘点灯不相信自己的耳朵。

"你说。"盘富贵让师公盘钱粮把具体情况告诉他们。

方才见到的人是来自九层峰起义指挥部的报信人。就在两天前，九层峰被明军攻破，这次广西瑶族起义的首领侯大苟牺牲了。侯大苟是大藤峡附近罗渌峒田头村人，自小就和盘富贵相识。正统七年（1442），侯大苟等人联络瑶族山老、山丁起义，转战于大藤峡山中，也常藏身于千家峒。正统十年（1445），侯大苟率领义军攻打梧州，朝野震动，队伍不断壮大，先后攻入广东、湖南。在正统、天顺年间，朝廷虽进行多次镇压，但都没有能够打败义军。成化登基后，调集北京、南京、江西、湖广官军16万人，进剿大藤峡。侯大苟率义军在大藤峡地区各要隘处设置木栅、竹签、滚木、礌石等障碍，用标枪、毒箭打击敌人。官军采用团牌、扒山虎等武器步步为营，并放火烧山，连续攻破十六处山寨。侯大苟被迫退守九层峰，据险而守，终因粮食、武器不足，官军又调集大批火炮轰击顶峰。侯大苟等七百余名义军展开殊死搏斗，最后全部战死在九层峰顶峰。

讲到这里，几人全都放声痛哭。

19. 瑶王传宝

入夜，土司府议事厅里布置了灵堂，摆放了侯大苟等义军将士的灵牌，挂起了挽联。

盘富贵率盘钱粮、盘点灯、盘凤飞和盘瑶的长老、山老、山丁，为侯大苟等瑶族义军烈士举行了隆重的追悼仪式。仪式由师公盘钱粮主持，众人叩拜之后，师公又举行了法会，悲怆的唢呐声和铜鼓声，在大瑶山的山谷中久久回荡。

仪式结束后，大家离开的时候，盘富贵叫住师公盘钱粮，让他起一个卦，听听盘王的声音。

盘钱粮起卦算了一番，告诉他，这一两天会出大事，让他把《过山榜》放在一个安全所在，最好是交给女人保管。盘富贵交代盘钱粮，抓紧搞一个度戒仪式，把能度戒的男娃都度戒了。

盘钱粮应下，他知道这是要打大仗了。

其他人都离去了，盘富贵坐在灵堂里的火塘旁，他要为侯大苟兄弟和瑶族烈士们守夜。盘点灯和盘凤飞陪坐在他身边。

盘凤飞劝道："阿爸，不要太难过，会伤身的。"

盘富贵擦泪："娃啊，你们不知道，要死的，应当是我。"

盘点灯和盘凤飞疑惑不解。

盘富贵讲道："我才是瑶族起义军的真正首领，起义的发起者。正统七年，面对官府的残酷欺压，瑶民无法过活了，我就和

侯大苟、蓝受贰商议造反抢粮，好让瑶人过冬，不然活不下去了。我是瑶王，本来我应当带着去干，但他们俩不让我露头，说我是土司，要有人和官府周旋，不能都去当土匪。还说我和周明德交往深，关系好，要利用他，为瑶民多争取好处。还说让我守住圣堂山，作为他们最后的根据地，旁的地方都丢了，他们就回到我这儿来。可是，他们临死也不来，都牺牲在了大藤峡的另一面九层峰，这分明是要保护咱们瑶人的根——圣堂山啊。"

讲到这里，盘富贵又失声痛哭，盘点灯、盘凤飞兄妹也一同流泪。

好一会儿，盘富贵又说："实际上，那一年初，你们的阿妈刚刚病走，侯大苟是看着你们两个年小，不忍心看你们没人管，便想理由让我守山。说什么我挂帅，他们出征，我是山大王，他们是山鬼。到如今，他们都牺牲了，我还活着，我当缩头乌龟，我还有什么脸活着，有什么脸当瑶王，有什么脸去见盘王始祖啊！"

说到这里，盘富贵走进密室，拿出两样东西。对这两样东西，兄妹俩并不陌生，这就是宝刀和《过山榜》。

盘富贵命兄妹二人跪在侯大苟等英烈的灵位前，说："今天，盘王在上，英烈在前，你们兄妹保证，我说的话，你们一定要做到。"

盘点灯、盘凤飞二人保证之后，盘富贵首先手捧宝刀递给盘点灯："瑶人是杀不完的，你侯大叔的使命，从今往后你来做，血债要用血来还。你能做到吗？"

盘点灯手捧宝刀，两眼放射出仇恨的怒火，坚定地说："阿爸，你放心吧，我会去给他们报仇的！"

盘富贵又拿出红木盒中的《过山榜》，打开凝神看了一会儿，转身来到盘凤飞面前，递了过去。

盘凤飞惊住了，她不敢接，她从来也不敢想，这份被瑶人视为最神圣的宝物会交到她的手里，她不知道自己要用它来做什么，她用惊恐、茫然、不知所措的目光看着父亲，直到父亲把《过山榜》放到她的手里。她不自觉地轻声叫道："阿爸。"

"瑶家的男儿随时准备战死，瑶家的女儿要为瑶家繁衍，你是瑶家的女儿，就必须为我瑶家生儿育女，你要活下去，你要保护好它（《过山榜》），它是瑶家的魂。这是盘王的意志。"盘富贵说这番话时，并没有看着女儿，而是看着灵座。

盘凤飞手捧《过山榜》，已是泪流满面。

就在此时此刻，象州城里的周敏文也同样在经历着巨大的心灵抉择。

20. 摘了乌纱

"摘了他的乌纱，还有他的，父子俩的一块给我摘了！"张羽咆哮着。

周明德父子回到象州城后，听说监军张羽昨天就到了，一直在等着他们，便赶忙换上官服，前往衙门来觐见。一进门，就被摘了乌纱。两人知道理亏，不敢有半点言语。

"你的兵呢？朝廷上给你卫所上千兵马，打一个小寨子，被你输个精光，才回来这几十人。你看看人家，攻陷九层峰，斩杀匪首侯大苟。你可倒好，部队输光，自己被活捉，你就不能当个烈士，当个英雄，死在敌人刀下，非要我杀了你吗？"张羽先说周明德打败仗的事。

接着，他话锋一转，又指着周敏文数落起来："可真是的，有其父必有其子。你看看你这个熊儿子，救你爹吧，也不能不分个忠孝，皇上对你多大的恩典，破格提拔你当上状元，又破格让你当大军监军，贵妃娘娘还把侄女许给你，你可倒好，不知报效皇恩，要去当什么瑶人的倒插门女婿。你、你、你，你对得起皇上吗？你对得起贵妃娘娘吗？你对得起祖宗吗？你还读书人呢，我都不知道怎么说你们这父子俩，千刀万剐了喂狗都不解气。狗，狗，哈哈，你就要去当狗，要去当个犬猺，一个犬猺。他想当狗，你当爹的也不拦着。因为你怕死，就不怕你儿子当狗？"

张羽骂到这里，周明德父子俩已痛哭流涕，无地自容。

张羽指着桌上堆积的信件，又说："我还告诉你们一件事，你们知道你们想找的亲家是什么人吗？我说了吓死你们。他比侯大苟还大狗，他盘富贵是大藤峡造反的发起人，是侯大苟的头头。你不信吧？从侯大苟那里缴获的信件，侯大苟管盘富贵叫作大王，很多坏主意都是他盘富贵提出来的。难道你在他那里没看到过《过山榜》吗？你不知道《过山榜》在瑶子中的影响吗？"

张羽拿起一封信说："你看看这些年他是怎么评价你、利用

你的。'周明德是汉人中的好官，几十年来，他为民族和解做了大量事情，还多次减轻瑶民的赋税，向朝廷反映民间的疾苦。但是，朝廷腐败，皇帝昏庸，所以我们必须造反，争取《过山榜》中赐予瑶人的神圣地位。'我念不下去了，你自己看吧。皇上不好，你周明德是好官，你是不是通匪？你知罪吗？三罪并罚，满门抄斩，你们有几个脑袋！"

周明德听到这里，只吓得站立不住，扑通跪倒在地上，周敏文也跟着跪下。

"看在皇上面上，我今儿个给你们一个将功补过的机会。起来。"张羽向周明德父子布置了他的剿灭圣堂山盘瑶的作战计划。

21. 盘石度戒

阳光下，刀梯耸立在祭坛的中央，阳光照耀着刀刃，放出白色的光芒。供桌上摆放着各种供品，师公穿上了法衣，十几个赤裸上身的十几岁的男孩子站在中间，面向刀梯和供桌，供桌两旁站立着吹长号、敲铜鼓的成年男子，火炭烧起旺旺的火渠，姑娘们穿上最美丽的节日盛装，唱着欢乐的歌谣，跳起撩动心弦的舞蹈。这盛大的仪式，是为了给这些男孩子度戒。

穿着法衣的师公盘钱粮，一边给这十几个男孩的脚上画符，一边念念有词。

盘富贵坐在供桌旁的太师椅上，椅子上蒙着熊皮，他慈祥的笑容里隐藏着巨大的哀伤，只一天时间，他就老了许多。

盘石一直在东张西望，他似乎在找着什么人。

终于，她来了。他为她而急着度戒，他希望她能看到；她是为他盛装吗？

盘石在盯着她，她似乎注意到了，朝这边笑了笑。

盘凤飞走到姑娘们里面，平时，大家早就围拢过来了，可今天，大家都避开她。

阿青问："你不是要嫁汉人了吗，还给瑶人哥哥唱歌？"

盘凤飞说："不行吗？"

盘石紧盯着盘凤飞，盘钱粮走过来给他画符，他也没注意。

盘钱粮狠狠拍打了一下他的头，说："没出息的崽，小心过会儿丢人，让刀锋割开你的脚。"

盘石说："怎么会呢？你放心吧。"

在长号和铜鼓声中，年轻的瑶族小孩子走上了火海，攀上了刀锋。

盘石跃跃欲试，他也还在紧盯着她。

22. 骗开城门

寨门外，二十个明军抬着十个大礼箱走过吊桥，来到寨门，后面跟着的是身着官服的周明德、周敏文父子。因为是前一天刚刚离开这里，所以守寨门的瑶兵是认识他们的。

"请禀告山主盘富贵，知府周明德为公子周敏文迎娶公主盘凤飞的聘礼送到了，请开寨门。"周明德亲自上前叫寨门。

知府的公子为救父亲下嫁盘凤飞这件事情，在瑶民中间已经传开，加之又认识周明德等人，守兵便打开了寨门，放这一行人进来。当守寨门的瑶兵从城墙上下来查看礼箱时，这干人早从箱子里取出兵器，冲上前来斩杀了守卫。此时，守兵的犬拼命吼叫，寨子里所有的狗也发出恐怖的叫声，有的犬奔向寨门。

寨门城墙上，明军鸣枪报告，已成功占领寨门。

张羽立即指挥隐藏在山后的火炮向寨子里轰击，大批明军快速通过吊桥，直奔寨门。

在度戒的人当中，盘石排在最后一个，当他还差最后一把刀就登顶成功的时候，就听到了寨门处传来的犬吠声，抬眼望去，周敏文正带兵在城墙上斩杀守城的瑶兵。他忘了自己在干什么，而是高喊起来："是周敏文，他在夺城墙。"

就在这时，一排炮火袭来，把刀山的柱子炸断了，盘石掉了下来，重重地摔在地上。他哇地哭了。盘钱粮奔来，抱住了他。

盘石恼怒地哭喊："就差两梯了，就差两梯了，为什么？我会变成小鸟吗？"

盘钱粮安慰他："不哭，不哭，你还年轻。"他的话没说完，盘石擦了一把眼泪，紧接着，抄起家伙，怒吼着："该死的周敏文，该死的汉人，我杀了你们！"便冲向寨门。

众多的瑶人，刚刚度戒的男孩，拿起身边的武器，和他们的犬一起，不顾一切地冲了上去。

然而，周氏父子已经占领了寨门城墙，这依山而建的军事设施高于别的地方，明军利用城墙张弓搭箭，冲上来的瑶人纷纷中箭倒地。

张羽进了寨门，登上城墙。他挥舞旗帜，更猛烈的炮火射进瑶寨。

23. 爱没有错

一发炮弹在盘富贵身旁炸开，他倒在气浪中。

在他附近的盘凤飞见到后，急忙跑过来，她抱住血泊中的父亲，拼命叫着："爸！爸！"

张羽命令锦衣卫擂响战鼓，高喊："冲锋，冲锋！"

明军一队队地通过吊桥，拥进寨门，冲下山坡。

瑶人不顾死活地向上冲，试图阻挡明军。

双方短兵相接，展开肉搏。

盘点灯斩杀了多个明军，他回头看见了妹妹和父亲，一个明军举刀劈过来，他斩杀了敌人后，急忙跑过来看望父亲。

盘富贵对儿子说："吹牛角号，快进洞，快！"

盘点灯对身边的瑶民喊道："把瑶王抬进洞。"

他冲向吊脚楼，吹响了牛角号。这是有节奏的号声，如同军号声一样，瑶人在一部分男人的掩护下，男女老少迅速向后山山洞转移。

众青年抬起盘富贵，拉起盘凤飞，向山后撤离。

盘富贵瞪着眼睛看着在一旁泪流满面的盘凤飞，伸手召唤她。

盘凤飞跑上来握住父亲的手。

盘富贵一句一口血地交代："记住，记住阿爸告诉你的话，活着，一定要活着！一定要活下去。"

盘凤飞流着泪点头："阿爸，我错了。"

盘富贵笑了一下："没有，你没错，人要有爱，爱没有错。"

盘点灯跑上来，背起了父亲。

伏在儿子背上的盘富贵轻轻地笑了："好有力气哟，我的崽，好有力气哟……"

盘点灯背着父亲往山上跑，盘富贵的血一路流淌，染红了山路。

一路上，瑶人妇孺手牵手，相互帮扶着撤向后山的山洞。

寨门前的战斗更加惨烈。瑶人不断伤亡，但丝毫不退却，为了亲人，他们准备战斗到最后一口气、一滴血。

盘钱粮冲上前来，接连砍翻几个明军，他在找儿子盘石。

盘石还在与敌人搏斗。

盘钱粮跑上来抱住从身后举刀挥向盘石的明军，把他摔倒在地。

盘石转身举起一块大石头砸向盘钱粮身上的敌人。他拉起父亲，笑了，因为盘钱粮还戴着度戒的面具。

盘钱粮急忙说："你还笑，赶紧跟我上山。"

盘石已经杀红了眼，"我是大英雄，怎能向后跑？"说完，就要往上冲。

盘钱粮一把抱住他："你得和我去放石头，不是死在这儿。要救洞里的乡亲。"

盘石听了，说："你不早说，走！"两人向着后山方向奔去。

看着瑶人宁死不屈的战斗场面，张羽惊呆了，他的眼神木然、惊慌。

周明德走上前，站在张羽的身旁。

张羽："这瑶子都想死在这儿吗？"

周明德没有吭声，他也不知道应当怎么回答。

突然，周明德迎身挡在张羽前面，一支羽箭重重地射进了他的胸膛，他从寨墙上摔下。张羽愣住了。

正在指挥作战的周敏文见状，嘶叫着："父亲！"他奔至周明德身旁，跪倒在地，抱着他，呼唤着。

周明德睁开眼："父亲对不起你，阿凤是好孩子，但你不能娶她，娶汉人。"

周敏文的泪水落在了周明德的脸上。

周明德对身边的张羽说："瑶人杀不完。"

张羽说："我保奏你为靖瑶大将军。"

周明德只盯着儿子，他已经走了。

周敏文疯狂地举起刀，带着明军冲了上去。

明军潮水般向寨中涌入。寨门附近留下无数汉人、瑶人的尸体。

张羽仍在周明德的尸体旁，他颤抖了，落泪了。

24. 守住洞口

山顶上，盘钱粮、盘石父子分立左右，他们中间是用藤索揽着的巨石。

盘钱粮在作法，面向苍穹，口中念念有词。

盘石在观察着明军的行动。

占领寨子后，明军疲惫地喘息着来到后山，向瑶民藏身的山洞攀爬。

盘钱粮父子紧张地关注着明军的位置，看准时机，盘钱粮大吼一声："砍！"父子两人同时挥刀砍断藤索，漫天的石头如同下雨一般地从天而降，正在攀爬的明军无处躲避，像蚂蚁一样被砸中后摔下山。顿时山间哀号遍野。

在山下指挥的张羽、周敏文惊呆了，他们的部队瞬间土崩瓦解，死伤满地。

山顶上的盘钱粮父子抓住时机，迅速钻进林子，跑进洞中。

他们和盘点灯会合后，立即布置弓弩手守住洞口附近，防止明军再次进攻。

石头雨让明军吓破了胆，张羽是从京城来的，哪里见过这种打法，念叨着："这可怎么办？"明军一时停止了进攻。

刚刚还杀声震天的战场，突然静了下来，双方都在准备，远处的大瑶山，传来了滚滚雷声。周敏文对张羽说："不可耽搁，

要下起雨来就更不好办了。"

张羽点头。

25. 凤飞难堪

周敏文指挥明军进行了几次小规模的进攻，但都被瑶人的弓弩手击退。

周敏文坐在父亲的尸体旁，让士兵抬来担架，将父亲尸体放在担架上，脱下自己的战袍给父亲盖上。

与此同时，山洞里盘点灯也已经将父亲盘富贵的尸体擦洗干净，穿上了山主的盛装，戴上了冠帽。山洞中央有一块巨石，盘点灯把父亲的尸体抬放到巨石上，盘凤飞要过来一起抬，盘点灯一把将她推开，叫阿青过来和自己抬。

盘凤飞突兀地站在了空地的中间。

瑶人们和他们的犬在山洞内，围在盘富贵周围，没有一丝声音。从眼神中，盘凤飞可以读懂大家对自己的种种怨恨、不满、冷漠。

阿青吐了一口唾沫："是你，是你放汉人进来的，你害了大家。"

突然，哇的一声，有人哭了，是盘石："不怪她的，是汉人骗了我们。"

尴尬的气氛中，祭祀开始了。

盘点灯唱出了第一句，大家一起跟着：

你要去哪儿啊，

盘王带你上高山。

你要去哪儿啊，

盘王带你去大海。

你带回大海的水啊，

浇灌在瑶山。

瑶山高耸入云端，

你在我身边。

瑶人们边唱边跳，每人走到盘富贵身旁的时候，都轻轻地用手触碰他。

盘凤飞上前，有人推开了她，她又要上来，又有人推开她。

这时，盘石上来拉开她，两人一起落泪。

26 我做人质

祭祀仪式做完，洞内点燃了火把，瑶人们疲惫地在各个角落散坐着。

凤飞站在父亲的尸体前，盘钱粮已经为盘富贵的尸体覆盖了法衣。

盘石站在盘凤飞的身旁。

洞外传来张羽的喊声："洞里瑶人听好了，我是皇上派来的督军，本人有好生之德，不想再死伤无辜，殃及妇孺，故提出停战撤兵条件：只要瑶人缴纳税赋，安身立命，不再反逆，则大军撤出瑶山。为保证诚意，瑶人须交出50个青少男女，随军撤出，防止瑶人反悔。限你们一个时辰内做出决定，并交出人质，如若不从，大军将效仿九层峰，剿灭洞里所有的人。"

洞里的瑶人鸦雀无声，但是许多成年人知道，不久前在九层峰侯大苟战死的时候，有320多个村庄被烧毁，光被抓走的妇女就有3000多人，死伤百姓不计其数。众人低头了，连呼吸都轻了许多。

盘钱粮看看盘点灯，俨然他已经是新的山主。"师公，听听盘王的意思吧。"盘点灯让盘钱粮起卦问天。

盘钱粮无奈地开始作法。他从身上撕下一块布，走到火把旁烧着后放在一个盆里，又接了一个小娃娃的尿，搅拌后抛向上方，地上显出一个图形，盘钱粮眉头紧皱，久久不语。盘点灯问："师公，盘王怎么说？"

盘钱粮摇头。

洞内一阵恐慌。

"我去！"就在这时，盘凤飞看着哥哥和师公，轻轻地说。

"你去，你原本就是想去的，都是你闯的祸。"盘点灯喊道。

他们的对话引来一阵骚乱，许多人开始埋怨盘凤飞。

"我也去。"是盘石，他站在盘凤飞的身旁，紧紧地靠着。

"你不能去！"盘钱粮突然失态地叫道。

"我怎么不能去？"盘石问道。

"你，你还没度戒。"

"他们要的就是少男少女。"

盘钱粮不知所措，哆嗦得说不出一句话。

"我也去。"站过来的是阿青。

这回轮到盘点灯失态了。"我跟他们拼了！"他再也控制不住了。

阿青走到他身边，平静地说："我不去，你怎么当好山主？现在，你要做的是当好瑶王，保护好族人。"

27. 告别瑶乡

当洞外喊"时辰到"的时候，50个男女孩子走出了洞口，没有哭声，没有送行，平静得让人感到一种视死如归的伟大。

当周敏文看到走在最前面的人是盘凤飞时，他惊愕了，恐惧了。他不知道自己在做什么，只感到是一种报应。

他低下了头，不敢面对盘凤飞的面孔和目光。

盘凤飞在周明德的尸体旁停了一下，静静地看着。

周敏文呆若木鸡地站着，不敢抬头。

"我是公主，我要梳妆，天亮了走！"说了这句话，盘凤飞头也不回地走向自己的吊脚楼。一只小狗紧紧跟着。

"她就是你那位？"张羽问。

周敏文咬着嘴唇点头。

"我没说要公主啊。"张羽不解地说。

"她在这儿待不下去了，我害了她。"周敏文轻声说。

盘凤飞在吊脚楼里，熊熊的火在火塘里燃着，她泡在木桶里，眼睛里噙满了泪水，但是目光坚毅地看着屋顶。

一套套鲜艳的瑶族服装整齐地摆放在床上，旁边还放着美丽的银首饰。

她从木桶里起身，擦干净身体，穿好衣服，开始干一件大事。她刚才在木桶里一直在想，要不要把《过山榜》留下来，留给哥哥。最终她还是决定自己带着，但要把它藏好。她知道，汉人一直想得到它。

天亮了，盘石推开她的屋门，他是来帮她拿东西的。

他们一起在圣堂湖上了竹排，它它也跳了上来。

竹排驶出圣堂山，远处传来歌声：

我家的山啊比天高，

我家的藤啊比水长，

我家的田啊开天上，

禾苗长在地中央，

何时你才回瑶乡。

下　部

28. 张羽献宝

成化元年（1465），16万大军对广西瑶族大藤峡地区农民起义的镇压，经过九层峰战斗、圣堂山战斗平息下去了。

张羽先行从陆路乘马车返回京城。这样走，一路上他可以见见地方官，以新皇的名义收点礼品，回宫以后也好打点。京里那些大官、宫里那些娘娘，他们才不关心你的仗是怎么打的，死了多少人，受了多少苦，那是你活该。他们关心的只是你给他们带回来什么稀罕物、好玩意儿，哪怕是一只画眉鸟也行。你要是空着手回来，即便打了再大的胜仗，他们的脸也是南方的凉菜——苦瓜。

临行前，张羽想让周敏文随他一起回京述职，可周敏文说是要给父亲守孝三年。周明德死前让儿子把他葬在大瑶山，周敏文就离不开这儿了。

张羽一路上颠簸，闹腾了一个月，才带着满满的上百辆大车的宝贝，回到京城。家还没回，他就先进宫述职。

成化皇帝和万贵妃在贵妃寝宫接见了他。他给万贵妃这一车东西都是一路上大员们孝顺他的最好的，他又全都孝顺万主了。他一个太监，留那么多东西也没用。临了他又像变戏法一样从怀里掏出一个红色的锦袋，里头是一个锦盒，锦盒里装的是几根草。

"这又是什么？"万贵妃饶有兴趣地问。

"您可不知道，这草的名叫'一身温暖'，专调理滋养中年妇女，长在南方的深山老林里，好比长白山的老人参，是我专门为您到山里找来的。您试试，要是管用，我再给您去弄。"张羽献媚地介绍。其实，这几根草是周敏文让人到山上采的。

万贵妃笑着说："咱大中华就是地大物博，这名起得也好——'一身温暖'，透着吉祥，御医知道如何服用吧？真难为你了，张公公。"

差不多过了快一个时辰，才轮到成化皇帝说话。

"仗打得不错，兵部的奏折朕都看了，快刀斩乱麻，南边可以消停几年了，你监军有功，给你奖放到俸禄里边吧。这周敏文怎么没回来？"成化问。

"他父亲战死了，当时中箭就倒在我身边，我想救他，可来不及了。按惯例，他要求为父守孝三年。"张羽说。

"那就同意他守孝吧，子承父业，就让他先顶他父亲的缺，人尽其才。不知道他为朕找到《过山榜》没有？"成化还记得《过山榜》的事。

的确，皇上有皇上注意的事，在大明，那些涉及民族历史文化的典故，当百姓的可以不关心，但当皇帝的却一定要知道，就像万里长城的每一块砖，都是不可或缺的。

"《过山榜》的事奴才不知道，但奴才为皇上弄来一个活宝贝。"张羽的确聪明。

"什么活宝贝？"成化问。

"是这样的，瑶王有三宝，宝刀、宝书和宝贝女儿，我虽没有找到宝书，却把瑶王的宝贝女儿抓到了，据说是大瑶山第一美女，我看了，真是名不虚传。"张羽得意地说。

"是吗，人在哪儿？"成化问。

"还在路上，我让他们走水路，有50个瑶娃伺候着。"张羽说。

"进京以后他们先落在哪儿。"成化问。

"我想让他们先下榻在万国驿站？"张羽在揣摩圣意。

"也好，先交给奉祖辉吧，等朕见过，再做安排。"成化说。

"什么事啊，安排什么？"万贵妃突然问。

"没什么，就是一些个瑶族奴隶。"张羽搪塞道。

29. 祖辉惊魂

京城城门大开，押解瑶人的队伍经过千山万水，终于来到了北京城。

许多老鸦在城楼顶上盘旋，时不时呱呱地叫着，在欢迎远方的客人。

大家都很疲惫，只有盘石好奇地东张西望。"这么大的院子啊。"盘石叹道。

骑在马上的张羽傲慢地嘲笑说："什么院子，这是京城，这是北京城，傻小子。"

小轿的帘子掀开，露出盘凤飞的面孔，她也在张望京城是什么一个样子。

奉祖辉在二楼窗户旁张望着，他端着茶碗的手在轻轻地抖动。

押送瑶人的队伍过来了，经过大门时，张羽举手向他示意，他竟没有表示。他在盯着轿子，可轿帘一直没有掀开，所以他看不到里面的人。

突然，他注意到了轿子旁边的那个男孩子，就是盘石，盘石也抬头看到了他，还冲他笑了一笑。盘石脖子上的项圈在阳光的照射下闪闪发光，照亮了他的脸，特别是他眉宇间的那粒痣，显得格外清晰。奉祖辉的表情瞬间紧张起来，不知不觉之中，他竟然捏碎了那只茶碗。他的手在流血，但他的心也在流血，而且让他痛得不能自已。他流血的手腕上戴着一个手镯，和盘石的项圈有着同样的图案。

队伍进了后院，奉祖辉的眼睛闭上了。

30. 大闹驿站

这是一个很大的庭院，在万国驿站的后面。

各国有时会押带一些钦犯，或者上贡动物，或者有随行的劳役，都会安排住在这里。

这两天，老奉亲自带人把这里打扫得干干净净。因为，除了瑶人，还有一个人也要住在这里，他想近距离接触这些瑶人。

穿过中间开放式的过厅，坐北朝南的正堂没有门窗，窗部分被木栅栏封死，而由两扇粗的木栅栏所组成的门被铁链锁死。

被押解进来的疲惫的瑶人散乱地坐在院子里休息。

盘石好奇地走近对面的正堂，他向阴暗的厅堂里张望。

突然，在正堂的一侧阴影里，传来一个人木然的声音："你，你在看什么？"

听到这突兀的声音，盘石吓了一跳，往后退了两步。

盘石又向前来问："你是谁？怎么也在这儿？"

"和你一样，住店的客人。"那人一动不动地说。

"那你的门怎么锁上了？"盘石很好奇。

"是吗？我不知道他们为什么要锁门。"那人说。

这时，一群明军端着饭菜走了进来，将饭菜放在过道中央，并叫喊着，让瑶人都过来吃饭。

盘凤飞发现，自打饭菜一进院子，趴在她身边的它它就狂吠不止，盘凤飞试图让它静下来，但它它对着饭菜焦躁不安地嘶吼。

盘凤飞走到饭菜前说："都等等再吃。"

所有人都看着她。

"给我们吃的什么菜？"盘凤飞问道。

抬饭来的士兵不回答。

"狗肉！"正堂暗影里的人说。

瞬间，所有的瑶人怒了，他们将手里的馒头扔向士兵，将士兵摔倒，把滚烫的菜倒在士兵的身上。

这时，从外面冲进来许多士兵，纷纷拉开瑶人，并制服他们。

"够了，你们千山万水把我们带到这里，就不要侮辱我们，好好给我们饭吃，再拿狗肉羞辱我们，我们就死！"盘凤飞大声说。

突然，正堂阴影里的人走到了木栅栏前。"父皇还吃过他们给的带血的、有毛的生羊肉呢，这算什么。"那人说道。

只见他清瘦、憔悴，披着一件大大的羊皮大衣，努力控制着自己的情感。

盘凤飞闻声回过身："那不一样。"

"有什么不同？"那人问。

"神！神犬，它是我们的神！知道吗？"

"神，神，战神，和羊是不一样。"那人自言自语。

盘凤飞从口袋里拿出一块饼，递了过去：“你是哪个族？”

那人接过饼，没有回答，却问：“《过山榜》，你见过它吗？”

盘凤飞没有回答，看着他。

“《过山榜》，它是什么？”

“万贵妃到！”一声高喊，众人下跪，瑶人不跪。

“果然在这儿，张公公，看你干的好事！”万贵妃进来后，直奔正堂，张羽和奉祖辉赶紧打开木栅栏，众人齐齐下跪。

“恭请皇上回宫。”万贵妃请成化上大轿。

成化把羊皮大衣扔给奉祖辉，转头对盘凤飞：“改天你还得给朕说说那个《过山榜》，把她放内藏吧。”

万贵妃转头看了一眼盘凤飞，然后扭头跟着成化离去。

“为什么不杀了我们？”盘凤飞喊道。

成化闻声停了下来，说：“你不能死，父皇被瓦剌人抓了，关了两年也没死。死容易，活着不容易。”

万贵妃说：“张公公，今天好生看着，明儿个带到宫里，分配各处劳役。这个到内藏。”

瑶人大惊，原来他就是成化皇帝，早知道就杀了他！

31. 公主味道

成化和万贵妃一同坐进了大轿。

"说是上朝，一大早人就不见了。宫里找不到，我琢磨就跑这来了。你一个人和他们瑶子在一起，多危险，他们可是犬猺，吃带血生肉的，你也不怕。"万贵妃像对孩子一样搂着成化说道。

成化从怀里掏出那块饼，吃了起来。

"哪儿来的？"万贵妃问。

成化："公主给的。"

万贵妃："好吃吗？"

成化："充饥吧，没什么味道。应该是路上发的。"

万贵妃："不好吃就别吃了，吃坏了肚子。"说着就来抢。

"别，别，让我吃完吧，打小您就教不能浪费粮食。谁知盘中餐，粒粒皆辛苦。"成化顽皮地说。

"公主？我看就是个山野村姑。"万贵妃不屑地说。

"山里人不假，但是有公主的味道和脾气。"成化沉思道。

"什么味道和脾气？"万贵妃问。

"不吃狗肉，敢造反，不怕死。"成化归纳道。

"这么快就有感觉了？"万贵妃酸酸的。

"这话的味儿可不对啊。"成化倒在万贵妃的怀里。

在这里，我们不能不多说几句成化和万贵妃的事儿。成化两岁的时候被祖母交给一个比他大17岁的宫女抚养，这个人就是万贞儿。成化3岁时，他的父亲朱祁镇亲征蒙古，在土木堡战败被俘，他叔叔当了皇帝，他被赶出了宫。从那天起，3岁的孩子由万贞儿保护。后来，蒙古人帮助他的父亲夺回皇位，他又重新当了太子。从此以后，他与这个女人不离不弃，相依为命，对于他

来说，这个女人既是师长，又是妻子，也是同盟。万贞儿曾为他生了一个儿子，但很快夭折了，此后她便容不得宫里有孩儿的啼声。

32. 老奉买人

就在瑶人进住"万国驿站"的当天晚上，奉祖辉把张羽请来，美其名曰是为张羽接风洗尘。

张羽不能不来，今非昔比，自从在各国使节朝贡时救了成化皇帝和万贵妃之后，奉祖辉就成了京城第一红人。皇上要给他加官晋爵，他说什么也不要，让他到外省当个诸侯，他说什么也不去，理由是自己一辈子在外面闯荡，跑累了，就想在京城消停消停，自己又不是当官的料。成化和万贵妃也只好遂他的意。赏他一个进宫金牌，随时可以进宫晋见皇上。所以，张羽不仅必须给他个面子，还得巴结着他。

"说吧，叫我办什么事呢？"张羽看着面前一大箱子的金银珠宝，问道。

"小事，对您来说，小事一桩。"老奉客气地说。

"您其实大可不必，咱俩什么关系啊？再说了，您现在比我可能耐，还有用得着我的？"张羽客气着。

老奉说："那我就说了。我想跟您要两个人。"

"哪两个人？"张羽问。

"您手里的，瑶人。"老奉还在试探。

"你就直说吧，姓甚名谁？男的女的？"张羽急了。

"男的叫盘石，女的，就是那个公主，叫盘凤飞吧。"老奉终于说出来了。

"男的吧，倒好办，公主不行。"张羽沉思道。

"怎么不行？"老奉追问。

"皇上要了，放在内藏。"张羽漏了底。

"那就男的吧。你不问我为什么？"老奉说。

"你也得说啊，我问你不说，我问他干吗呀？"两人一笑。

33. 进宫报仇

成化离开之后，瑶人们叽叽喳喳议论起来。能见到大明皇帝，这对于他们来说，的确是做梦也想不到的事情。然而，最令他们激动的是，他们不会死了，因为成化说了，要杀他们，就不会把他们带到北京，带到北京就不会杀他们。刚才盘凤飞那么大声对皇帝说话，他们还和官兵为狗肉的事打架，皇帝都看在眼里，也没有事。大家觉得这个皇帝并不是个魔王，可是他为什么也住在这儿呢？

大家不知不觉地围拢到了盘凤飞身边。一路以来，大家对她的态度发生了很大的变化，从最初的怨恨到逐步理解和信任。她只是爱了一个不该爱的人，可她并不怕死，一路上只有她敢为大

家和官兵理论，官兵也都让着她。这一切对于远离瑶乡又大都不识汉字的山民来说，简直太重要了，离家乡越远，他们对盘凤飞的依赖就越大。

"好好休息，准备好自己的东西，明天就要离开这里进皇宫了。"盘凤飞告诉大家。

"进皇宫好不好？进去又不杀我们，让我们干什么？"有人问。

"干活呗，劳役。"盘凤飞说。

"干活我不怕，劳役是什么？种地吗？我只会种地瓜。"有人说。引来大家一阵笑。大家很久没有笑了。

"会把我们分开吗？我可不要和公主分开。"这是一个新的让大家担心的事。

"分开是一定的，听说皇帝的宫里不能有男人，女人也不能出来。"盘凤飞说，她毕竟比这些山民知道的事情多多了。

这时，有人开始哭了，他们都是孩子，让他们分开，独自去面对完全陌生的讲不同语言的人，就如同下地狱。

"没事的，慢慢会适应的。"盘凤飞开始安慰他们。

然而，她万万没有想到的是，她的关于分开的话，把一个人彻底吓坏了，崩溃了，以至于他下一步的举动，更是吓坏了所有的人。

深夜，大家几乎都没有睡，三三两两在一起话别。天亮就要分手了，还不知道今后能不能再见。一路上，有的男娃和女娃已经有了感情，甚至在心里已经私订终身，可是这一刻他们才晓得命运早已不属于他们自己。

阿青、盘石、盘凤飞三个人在一起。

"我看你还蛮乐？"阿青说盘凤飞。

"是的，进宫就有机会了。"盘凤飞说。

"什么机会？"阿青问。

"杀了他。"盘凤飞眼睛里放出光芒。

"哪个，你要杀了谁？"阿青问。

"成化，汉族皇帝，为阿爸报仇。"盘凤飞坚定地说。

阿青笑了："我要和你在一起。"

"你去吗？"阿青问盘石。

"你问他有何用？他又进不了宫。"盘凤飞笑着说。

34. 盘石自宫

晨光下，瑶人们开始在一群锦衣卫的安排下分开列队。他们将被分散到宫中各个部门为奴。

盘凤飞最后看了一眼眼睛哭肿的盘石，笑着钻进一顶小轿，它它也回头看了一眼盘石，钻进轿子，几个小太监抬着她离开了。阿青也一起走了，张羽允许盘凤飞带个人伺候。

看着远去的小轿，盘石突然从队列里跑出来，士兵们还没有反应过来，他已经跪在张羽的面前："求张公公成全，把我也带进宫吧！"

张羽一时没反应过来，他抬眼看了看出了门的小轿，恍然大悟："想跟着你的公主，是不是？"

"让我进宫，给你做什么都行。"盘石不停地磕头。

张羽无可奈何地说："孩子啊，宫里没有男人，你去不了。那不是你能去的地方。"

盘石："那你怎么能去，你不是男人吗？"

旁边的士兵笑了。

张羽生气了，说："你敢羞辱我！"

盘石无知地看着他："没有啊，我没说什么啊。"

张羽让其他人都先走了，他把盘石单独留下，然后说："你是真不懂还是假不懂啊？"说着走到盘石身旁，解开他的裤子，抓着他的下身说，"要把这玩意儿割了，你才能进宫，没了它，你还喜欢个屁。穿上吧。"接下来，张羽想告诉他，他哪儿也不用去了，就留在这儿，奉祖辉要了他。就在他等着盘石提裤子的一刹那，盘石突然拔出张羽的佩剑，在其他人还没反应过来的时候，他已经一刀就下去了，接着就倒在了地上。

张羽惊呆了，看着血泊中的盘石，他大喊："这叫怎么档子事，这瑶人就痴情到不要命了！来人啊，赶紧救人，找东西抬着，抬老奉那儿去。唉，这可怎么办啊？这还是老奉要的人，千万不能死喽！我的祖宗啊！活要见人，死要见尸，赶紧抬老奉那儿！"

35. 祖辉落泪

当张羽带着一帮太监慌慌张张地把满身是血、昏迷过去的盘石抬进奉祖辉的房间时，他也正在心神不宁地等候着这个孩子的到来。不知为什么，尽管张羽一口答应把这个孩子交给他，他也清楚，即使不出一文钱，张羽也会把这个孩子送给他，不就是一个小奴隶嘛。可是他就是放心不下，现在终于出事了，印证了他的预感是灵验的。然而，当他看到这个孩子的伤时，还是把他惊呆了，他万万想不到会出这样的事情。

"不……不关我的事啊，是他自己，是他自己下刀的。他一定要进宫，要陪他们的公主，怎么劝也不行……"张羽不停地解释着。

一阵昏厥之后，奉祖辉冷静下来。他让人去叫大夫的同时，马上打开他的百宝箱，里面有世界上最好的止血药、消炎药、止疼药，他都用上了，他尽自己的所能去救这个孩子。

天黑了，其他人都走了，盘石在木桶里泡药浴，他陪在身边。

屋里没有点灯，燃烧的柴啪啪炸响，把奉祖辉的思绪带回到了十几年前的那个夜晚：盘富贵、盘钱粮和他三个人在瑶王议事厅的火塘旁。

"明天要走了，还有什么事要交代？"盘富贵问。

奉祖辉抱着一个襁褓中的孩子，说："没有什么，孩子交给你们，我还有什么不放心的？"

盘钱粮说："你到京城当眼睛，这可是咱们瑶人的大事，孩子交给我，就管我叫爹，咱们都姓盘，到时候还你的时候还姓盘。"

三个人都笑了。

奉祖辉从怀里掏出银项圈和手镯，塞到褯裸里。

他俯身看着孩子，孩子眉宇间有一颗痣，和今天盘石眉宇间的痣一样。

36. 内藏藏宝

历朝历代的皇宫，都有一个叫内藏的地方，就是宫殿内藏宝贝的地方。皇帝的宝贝太多了，所以内藏在宫殿里也是好大的一个地方，少说也有好几个大宫殿吧。盘凤飞就被分到了内藏。

当她从小轿子里面钻出来后，她流泪了，因为做梦也想不到，这皇宫简直太大了，就是内藏都比她们寨子大多了，这一回，她们可真是回不了家了。

内藏总管在等着她们。要说这住宿的条件真不赖，皇宫里最差的房子也比宫外最好的房子要强千百倍。不仅住得好，宫中的新衣裳也有各种尺寸的，都为她准备好了。这事张羽事先交代了，不能把这个瑶族公主当罪犯，也不能当公主，先当宫女安排。因为谁也不知道皇上会如何考虑，毕竟是自己推荐的一个女人，要是皇上看上了，就可能当皇妃。如果现在安排得太差了，岂不是留下话把？可要是皇上没看上，现在安排得太好了，又会

带来不必要的口舌。另外，这成化还有一个心病，就是老皇上在瓦剌人手里关了好几年，受尽了折磨，为此他对外族囚犯的待遇非常敏感，好了坏了都会受刺激，所以嘛……张羽真的动了一番脑筋，在宫里当差，凡事都讲个圆滑，先看看再说，留有余地。内藏总管一切按张羽的宗旨办，当盘凤飞提出来不穿汉装时，他不置可否；盘凤飞提出来要在门口搭个棚子，和狗住在棚子里，他也同意。他了解到只有盘凤飞识汉字，就安排她进内藏宫里干点事。盘凤飞就这样在大明深宫里住下了。让她最高兴的事儿，就是她发现这里太大了，到处都可以把《过山榜》藏起来，没人会到这儿来乱翻，就是皇上也搞不清楚这儿到底有多少宝贝。她随即便把《过山榜》藏在一个她认为安全的地方。

下一步，她等待时机刺杀成化。

37. 陪你一生

一个月后的一天，张羽带着已经穿上宦官服饰的盘石走进了内藏。

奉祖辉能够给盘石的身体疗伤，却无法治疗好他的心病。所以，当盘石的伤痊愈之后，老奉又找来张羽，把盘石交还给他。张羽对盘石交代再三，盘石保证听话，这样，在老奉的屋里正式拜了干爹，张羽才敢把盘石领进宫。

在内藏宫门口，张羽对盘石说："去吧，劝劝你们的公主，

别那么死心眼，绸缎比土布强，在这深宫里，天天不换衣裳，也没人拿你当瑶人。"

张羽指了指一间大房的门，转身离去。

盘石上前敲门，里面传出盘凤飞的声音："谁啊？进来吧。"

盘石推门迈进了屋，他看见盘凤飞仍然穿着分手时的那件衣服，不施粉黛，正在整理东西。

"姐，我来了。"盘石轻声说。

盘凤飞抬起头，两人对视间，盘凤飞看清了盘石的衣衫，她不敢相信自己的眼睛，这是宦官服啊，她摇了摇头。

"刚才，张公公还说，绸缎比……"盘石还想开个玩笑缓和一下气氛。

"别说了！"盘凤飞疯了一般叫起来，上来就一巴掌扇在盘石脸上，紧接着泪如泉涌，扑到盘石的怀里，泣不成声："你，怎么可以？"

盘石说："姐，我必须见到你！"他的笑容里也饱含着泪水。

盘凤飞用拳头使劲地打他："瑶人没有做太监的！不可以，不可以，你让姐姐怎么向族人交代啊？"

盘石说："姐，我不回去了，我就陪着你。"

盘凤飞说："傻瓜，那也不可以。你能陪我几天？"

盘石说："陪你一生！"

"陪我一生?！"盘凤飞愣住了，她还有一生吗？很快她就要

刺杀汉族皇帝了，她不知道自己还有几天，也可能就在今天，或者明天。

好一阵子，两人才稍微平静下来。盘凤飞把盘石带到住地，见了阿青，三人又是一阵痛哭。这个仇恨自然是要加倍记在那个汉族皇帝成化的头上。

38. 刺杀失败

这一天阳光高照，成化的心情不错。由于没什么大事，朝议散得早。在回宫的路上，成化问张羽那个瑶族公主现在怎么样了，张羽闻出点味道，便带着成化拐到内藏来看盘凤飞，跟班盘石也一起来了。早有太监先到，内藏总管把皇上带到盘凤飞当班的地方，其他人在院子里候着。

成化一推门便进了内藏宫，这是一个收藏文物典籍的地方，房子很大很深，成化进来后走到里面，才见到盘凤飞。

"你怎么来了？"盘凤飞问。

"今天下朝早，有点工夫，朕过来看看你。你怎么还穿着山里的衣裳，他们没有给你换宫服吗？"成化看到盘凤飞还穿着瑶族的衣服，很吃惊。

"给我发了，我没穿。"盘凤飞说。

"怎么不穿呢？"成化问。

"穿不来，再说，我又不是宫女。"盘凤飞说。

"你进宫了，不是宫女是什么？"成化很奇怪。

盘凤飞："是什么我也不懂，是人质吧，反正不是宫女。"

"为什么这么想？"成化问。

"宫女是招来的，我们是被抓来的。所以，我们是战俘，或者是奴隶，或者是人质。就如同你的父皇，当年被瓦剌人抓住，他是什么？他会穿蒙古服吗？"盘凤飞反问。

成化沉思，是啊，父皇当年虽然被瓦剌人俘虏了，可是他一直穿自己的衣服，受到了蒙古人的尊重。

成化边深思边看柜子上的东西，他怎么也没有想到，盘凤飞为这一刻，已经等了好几天了。当刚才内藏总管告诉她皇上驾临内藏的时候，她就做好了动手的准备，为此她首先进到大屋子的深处，并藏好了武器。此时，她发现成化的注意力已经转移，背对着她。绝不能放过这一千载难逢的机会！

本来她准备了一把刀，可是藏在一个柜子里，来不及去拿了。她随手把一块擦桌柜的绸缎拿在手上，双手紧紧缠绕住这武器，无声无息地靠近成化的身后，猛然举起双手，将绸缎拧成的绳索勒向成化的脖颈。她手上的铃铛随着她激烈的动作清脆地响了起来。成化回头，已经来不及了，绸缎已紧紧勒住了他。

成化挣扎着，盘凤飞死死地拽着，两人缠斗起来，撞倒了一排藏宝阁，两人也倒在地上，发出巨大的声响。

听到屋里发出的声音，屋外的人先是一惊，随后坦然，大家不怀好意地看着盘石。

盘石开始反应过来了，他猛地不顾一切地冲向房间，而张羽和手下太监们一下子扑倒了他。

张羽："小子，给我听好了，你已经不是男人了，在这儿，只有一个爷们儿，那就是万岁爷。"

盘石流着眼泪，拼命反抗，他想叫喊，被死死捂住了嘴。

房间里的战斗仍在进行。相持的盘凤飞和成化都耗尽了力量，突然绸缎的接口处断裂开来，两个人朝着不同的方向翻滚开去。

盘凤飞看着自己的使命失败了，她哭了。

成化惊魂未定，大声咳着，喘息不已。

"我应当杀了你的，我没能做到。"盘凤飞哭着说。

成化瞪着眼："你怎么敢？"

39. 因祸得福

随着成化的怒吼，院子里的争斗也停了。

张羽正想推门进屋，成化一下从里面踢开了门，太监们吓了一跳。

成化吼道："滚，都给朕滚得远远的！"

啪的一声，成化又把门从里面关了。

他爬到盘凤飞身边，坐在了她的身边，看着她泪流不止。

"要杀就杀，有什么好看的！"盘凤飞沮丧地说。

成化说："朕说要杀你了吗？朕召你们进宫，对你们的好，

你没看到吗？"

盘凤飞说："骗我们吃狗肉，逼我们穿你们的衣服、住你们的房子、讲你们的话，就是这样对我们好吗？这是想让我们忘记瑶乡，接受你们的文化。这是看不起我们。"

成化沉默了。

盘凤飞说："你父皇在瓦剌，他们也是这样对他吗？是逼他忘记家乡、忘记自己的一切吗？这是瓦剌人对他的好吗？"

成化问："你想家吗？"

盘凤飞没有回答，这是不需要回答的问题。

两人靠墙坐在地上，成化把手放在了盘凤飞的肩上，拉进自己的怀里。

盘凤飞擦了擦眼泪，眼睛看着远方，谁也不知道她在想什么，她自己也茫然，这次刺杀失败，她下一步应当做什么，自己到底该不该杀了身旁这个对自己不错的男人，还有就是自己还能杀了他吗？

成化说："朕想封你给朕当妃子。"

盘凤飞没有抬头，说："哼！除非你让我住瑶楼。"这话就好比说太阳从西边出来，盘凤飞认为这是不可能的事情。成化怎么可能放她回瑶寨呢？所以当妃子也是不可能的事情。然而，成化不是这样理解的，他以为盘凤飞只是住不惯房子，要住瑶楼，在皇帝面前这是一件小事。

40. 皇宫瑶楼

　　夜深了，红罗帐被一阵风吹得飘荡起来。万贵妃搂着成化在睡觉，成化像孩子一样蜷缩在万贵妃的怀里，依偎着她。

　　成化从梦中醒来，还在想着白天的事情，无法入眠。

　　成化说："父皇在瓦剌有没有想过杀死他们的可汗？"

　　万贵妃也醒了："一定想过，只是没做。"

　　成化问："为什么？他不敢吗？"

　　万贵妃说："不是敢不敢，这不是皇帝的所为，他得活着，为了你，也为了大明。"

　　成化问："那他应当怎么活下去呢？"

　　万贵妃说："保持大明天子的气节，士可杀不可辱。他做得很好，受到了蒙古人的尊敬。为此他们不杀他，还放了他，并且还提出要让他当皇帝。"

　　成化说："听说父皇把自己住的破帐篷叫'苏武庙'，冬天四个人抱在一起避风寒。"

　　万贵妃说："是啊，他从不求瓦剌人办任何事情。"

　　成化问："瑶子、南蛮，能杀光吗？"

　　万贵妃说："杀光？为什么要杀光？他们也是你的子民，没有哪个族群是能杀光的。"

　　成化说："那应当怎么办呢？"

　　万贵妃说："征服！特别是从这儿。"她指了指成化的心口，"无论是一个人，还是一个族，既要让他怕你，更要让他感

受到你的爱。"

半个月后的一天晌午，盘凤飞和阿青被张羽和盘石带到了宫里一个僻静的院落，院门掩着，成化站在院子门口。几个人到来后，成化神秘地问盘凤飞："还记得你说的话吗？"

盘凤飞说："什么话？"

成化没有吭声，他诡异地一笑，接着推开了院门。几个人走进院子，一座精美的瑶族吊脚楼坐落在院子的中央，旁边配套的假山花树，一应俱全，四个宫女恭敬地站在瑶楼门口，应声叫道："恭请瑶妃娘娘入住瑶宫。"

盘凤飞、阿青和盘石全都惊呆了，他们不知所措。

成化说："你要的瑶楼我盖好了，你的封号朕也定了，就叫瑶妃吧。你今天搬进来也行，明天搬进来也行。明晚上，我可就过来和你完婚了。这可是你答应朕的啊。"说完，成化叫了一声："张公公，咱们走。"转身离去。

此时，盘石、阿青用异样的眼光看着盘凤飞。

"你不是要杀他吗？怎么又要嫁他？"阿青生气地问。

"不是这样的。"盘凤飞不知道应当怎么解释这件事。

"那天我不是听见你们两个在里面干仗吗？"盘石瞪大眼睛问。

盘凤飞没有吭声。

"干仗，怕是在里面干好事吧。"阿青想到那边去了。

"瑶妃娘娘，奴婢给您请安了！"阿青说完转身离去。

盘凤飞看着瑶楼发呆。

盘石眼里充满泪水。

41. 凤玩真龙

这座瑶楼是奉祖辉搭建的。

和万贵妃夜谈的第二天，成化就把自己的意思告诉了张羽，张羽便把奉祖辉找来了。半个月时间，老奉就带人搭建了一个外表漂漂亮亮、内部舒舒服服的瑶族吊脚楼，比起真正的瑶族吊脚楼有过之无不及，毕竟是大内的能工巧匠，皇宫都建了，搭个瑶楼小菜一碟。

内藏是不能住了。内藏总管千恭喜万祝贺，一口一个瑶妃娘娘地叫着，一早就亲自带人把盘凤飞和阿青的东西拿着，又不知道搭了多少东西，连人带物一起送进了瑶妃宫，回头又把内藏宫的大门上了锁，几个人也就彻底回不去了。

盘凤飞静静地想了一夜，其实，进了这深宫大院，住哪儿都是一样。成化给自己搭瑶楼、封妃子，无非是显摆大明皇帝的臭架子，自己要按爹的嘱咐活下去。况且，《过山榜》还在自己手里呢，要是成化上次生气把自己给杀了，《过山榜》也就石沉大海了，那可就误了大事。想到这里，她的心也就平静下来，至于阿青、盘石的误会，以后慢慢再做解释吧。

小狗它它是最高兴的，满院子撒欢，吊脚楼前面还专门给它建了一个犬舍。

　　掌灯时分，成化来到了瑶妃宫。依然是张羽带了十几个太监护驾，一顶小轿抬着，事先有人通知，并一路报着，到瑶楼前面时，阿青等宫女站出来，瑶妃在门前迎接，两人入了洞房。其他人端茶倒水，忙完之后都要出屋，宫女站在门前，太监仗剑把瑶楼围个水泄不通。

　　成化进屋坐定，看到盘凤飞还穿着瑶装，没有换上他送来的新衣裳，也并不介意。上次见面还生死搏斗，这次就会鱼水情深，那就不是瑶女了，对此成化早有思想准备。只是看到屋里还趴了一只小狗，稍有不适。

　　成化问："怎么没换上新衣，不喜欢吗？喜欢什么样的，让张公公给你做。"

　　盘凤飞说："今天结婚，你征求过我的同意吗？"

　　成化说："宫里的女人，都是朕的，还需要你同意吗？"

　　盘凤飞说："我们瑶族一夫一妻，结婚是要有爱的。"

　　成化说："是啊，汉族也要父母之命啊。"

　　盘凤飞说："你刚杀了我的父亲，就想逼我嫁给你，你觉得我们现在会有爱吗？"

　　成化说："宫里那么多的女人，朕都要来爱吗？朕不需要付出那么多的爱，只要付出力气。"

　　盘凤飞说："那是霸占、征服，你不需要爱。你有力气吗？"

　　成化说："朕有爱，在朕小的时候，困难的时候，只有她在朕的身边，只有她爱朕，只有她。"

他说的是万贵妃，盘凤飞知道，她并不想去争宠夺爱，她只想知道，成化究竟想对自己做什么。此时，她发现成化还是想通过她，得到征服瑶族的虚荣，还有一点对异族人的好奇。她决定今夜逗逗这个汉族皇帝。盘凤飞说："我是你的俘虏，如果你觉得占有我，就是战胜和征服了一个民族，那我倒想看看，是汉族的男人厉害，还是瑶族的女人厉害。"

说完，盘凤飞开始脱衣服，她用一种嘲弄的眼光看着成化。

成化完全愣住了，他不喜欢这种眼光，他从来没有在一种女人用嘲弄目光看他的情况下来做这种事。他顿时觉得没有兴趣和力气了，但是他走也不是，不走也不是，他的心理此时绝对不占上风，他完全欣赏不了盘凤飞的美，反而觉得这是一场大汉民族和南蛮犬猺之间的战斗。

当他被盘凤飞拉着上身的时候，盘凤飞突然胡乱叫了起来。这时，一个情况发生了，当听到屋里的叫声后，盘石控制不住了，他突然钻到吊脚楼的下面，用肩膀和脑袋去撞楼下面的柱子。张羽叫人去拉他出来，他示意这是在给皇帝加油。张羽以为是瑶族的风俗，就带着大小太监一起钻到楼柱子下面闹腾，学狗叫。

这一闹，把屋里的它它搞惊了，它一下蹿到成化身上，瞪大眼睛怒吼着，吓得成化立即爬起来穿裤子，边穿衣服边冲出门。张羽一见，赶紧从楼柱底下钻出来，跑着跟上成化。

成化恼火地对着张羽学狗叫。

42. 杀了叛徒

成化带着太监离开后，阿青推门进了瑶楼，只见盘凤飞赤身裸体地躺在地上，眼望着天上，眼睛一动不动，脸上露出一种轻蔑的笑容。

"她是一个叛徒，她说你不该当太监，她现在自己给成化当了妃子，她把自己给了成化。我亲眼看到，她还笑，真是无耻，把我们瑶族的脸都丢没了。几千年我们瑶族没有一个女人进宫做妃子，我要杀了她。"第二天阿青见到盘石便和他讲。

盘石低头流泪，一句话不说。

"我是她嫂子，我代表山主来做，你不用管。在洞里就该杀了她，要不是她要嫁那个周敏文，汉人哪里攻得破寨子？瑶王也不会死。还说什么要杀成化给山主报仇，信她的鬼话。真后悔陪她一起进宫。"阿青越说越激动。

入夜，两个蒙面人进了瑶楼，它它见了没有叫。两人悄悄进了盘凤飞的卧室，一人举剑刺进被子，发现床是空的。

"你们两个要杀我，来吧，杀吧。死在你们手里我高兴，是我害了你们。"里屋传来盘凤飞的声音。

不知什么时候，盘凤飞在泡木桶浴，她一丝不挂地泡在木桶里。

阿青举剑就要刺，盘石拦住了阿青："嫂子，放过她吧，皇帝要她，她能怎么样？"

"叛徒，不要脸！"阿青狠狠地说。

"大嫂，盘石弟弟，你们想听我说几句吗？"盘凤飞问。

阿青："你讲，看你说什么鬼话。"

盘凤飞："阿爹临死前说，要活着，要活下去。我们从洞里出来是为了救瑶人。没想到我们能进京城，进皇宫，还能见到汉族皇帝。我真的想杀了他，替阿爹和瑶人报仇。我杀了，可没杀死。我以为他会杀了我，可他没有杀，他不仅不杀我，还让我当妃子，给我们盖瑶楼，难道他真的那么好，真的爱我吗？不！不是，他想征服我、侮辱我，向我证明他们的强大，他们无所不能。如果我自杀了，就是我们的软弱。如果我们低头了，就是他们胜利了，所以我要让他低头，让他看到我们瑶人的坚强。我们不能死，在汉族的皇宫里我们穿瑶衣，住瑶楼，我们有尊严地活，就是他成化的父皇被瓦剌人抓去，也活得不如我们。我们要证明给他们看，瑶人的生命很坚强。"

盘凤飞的这番话，是阿青和盘石怎么也想不到的。的确，这种认识，也只有公主才能去想去做。

43. 谁敢打朕

转眼就到了春节，正月十五的晚上，宫里到处要挂花灯，放烟花，成化专门交代张羽，瑶妃远离家乡，第一次在京城过节，看看有什么需要的，能关照就关照一下。

张羽来问盘凤飞，盘凤飞提出，她想按照瑶族的玩法搞一个篝火晚会，把宫里的瑶人都叫来，热闹一下。张羽自己不敢做主，又报告了成化和万贵妃，两人也没当回事就准了。盘凤飞交代盘石找奉祖辉从万国驿站弄些好酒好肉和办篝火晚会所需要的物件，盘石和阿青明白盘凤飞的意思，各种准备好上加好。

正月十五的晚上，大雪纷飞，瑶妃宫里，点燃了熊熊的篝火，响起了震天的唢呐声和鼓声。盘凤飞带着几十个大山瑶女，身着瑶衣，佩戴银饰，戴上了面具，赤脚在白雪中狂歌狂舞。这闹声惊动了整个皇宫，许多人都跑来看热闹，不知不觉也被感染，也跟着戴上面具，加入到了欢愉的行列里。

盘凤飞发现，有一个戴着关公面具的人，坐在盘石身边，不停地给盘石烤肉烤鱼，又将身上的裘皮袄脱下来穿在盘石身上。从面具里面的眼睛中，她看到了一双与父亲一样的眼睛，并且她可以肯定，自己见过这个人，难道是他？那个瑶山的眼睛。

她被姐妹们拉起来跳舞，转来转去。

不久，盘凤飞发现有一个戴着土地公面具的人老是缠着她跳。他并不会跳舞，却非常疯狂。其他人都到篝火旁饮酒烤肉了，她也想走开，可是那个人还没尽兴，还缠着她跳舞。见状，大家开始起哄，那人却毫不理会，我行我素。

这时，盘石悄悄地来到那个人的身后，一下子把他撞了一个狗啃泥。

那人站起来后，摘下面具大叫："刚才是谁把朕撞倒了？谁敢打朕？"

众人惊诧，怎么是成化皇帝？纷纷戴好面具。

就在这时，阿青带人点火放起烟花爆竹，雪地里映出五彩斑斓的礼花，伴随着众人的欢呼声、狂叫声，来自大瑶山的儿女们一时忘却了自己的处境，享受着瑶妃给大家带来的欢乐。

44. 我爹白死

南北官道上，一辆囚车车轮在朝前滚动。囚车里，押着的是披头散发、脖戴木枷的盘点灯。押解他来京的是周敏文。

难道瑶族又造反了吗？没有，事情是这样的：前不久，张羽托人给周敏文捎来一封信，信上主要是对周敏文的问候，最后让他想办法弄一份《过山榜》，说成化皇帝老是惦记这件事。

对周敏文来说，这天底下的事，没有比皇上的事更大的了。他接到信后，想了整整一夜。他知道当年瑶王盘富贵有一份《过山榜》，现在他死了，这宝贝一定会传给儿子。所以，他马上带兵连夜偷袭千家峒，捉住盘点灯，可搜了个底朝天，就是找不到《过山榜》。情急之中，他便押解盘点灯进京交差。可到了京城，他发现自己大错特错了。见了张羽，不仅没捞到好，张羽反而把他臭骂一顿。

张羽听说他抓了盘点灯，而不是带来了《过山榜》，没鼻子没脸地把他骂了一顿。张羽在皇宫的门房教训周敏文："皇上要的是宝书，谁要你去抓人？抓人你在广西审，把《过山榜》找着就得了，你找不着把人带来交差，你让我审啊？我又不是大理寺。再说了，大理寺也不敢审啊。你知道今天的盘点灯他是谁吗？他是国舅爷，你有几个脑袋敢抓他？"听到这儿，周敏文彻底蒙了。

"你说清楚，他盘点灯怎么就变成国舅爷了？"周敏文惊慌地问。

张羽："盘凤飞当娘娘了，你不知道吗？瑶妃，今非昔比，大瑶山里出凤凰了。你不知道吧，傻小子。"

张羽嘲讽地看着周敏文："我劝你好自为之，赶紧把盘点灯带到万国驿站老奉那儿，好好伺候着，住一晚上，赶紧把人带回去，这京城人多嘴杂，不宜久留。"

盘点灯被带到了万国驿站，奉祖辉单独给他们安排了一个院落。周敏文的态度发生了一个乾坤倒转，不仅给盘点灯解下了刑具，安排上好的房间，而且有人伺候洗澡更衣，周敏文端了酒菜进来，摆放好之后，上来就和盘点灯干了一大碗。盘点灯不解地看着他。

"看什么看，看我笑话啊？告诉你吧，你妹妹，你妹妹盘凤飞她，被封妃了！"周敏文似笑非笑地把一大碗酒递给了盘点灯，盘点灯愣了半天，有些发傻般地喝了那碗酒，但咽不下去，片刻，他又噗的一声，狠狠地吐了出来。

周敏文哈哈大笑，嘶喊着："我们打什么呢，我们打什么呢，我爹不是白死了吗?！"

45. 好有力气

火塘烧得旺旺的，木桶里的水冒着热气散着花香。整个瑶楼用蜡染布装饰得焕然一新，小桌上摆放了几个精美的瑶族腊肉、香肠等小菜，还有一壶瑶家的蛤蚧酒，是上次正月十五留下来的。

"妹妹，你是要救点灯大哥吗？谢谢你了。"阿青对盘凤飞说。

盘凤飞没有回答，也无须回答。

今天下午张羽告诉她盘点灯被抓进京的消息后，她就求张羽晚上把成化带过来，她做了精心准备。

成化被带进这童话般的世界之后，立即就陶醉了。

"今儿个太阳是打哪边出来的，让瑶妃变了性？"成化有点好奇，还有点受宠若惊。

"既来之则安之，我想和皇上把洞房圆了。"盘凤飞娇羞地说。

"好啊，今天咱演一出龙飞凤舞吧。"成化有点迫不及待。

"今晚皇上要是高兴，可否答应我一个小小的请求？"盘凤飞若无其事地说。

"只要那个它它不在，什么都好商量。"成化还是有些怕狗。

"它它已经被她们带出去玩了。"盘凤飞羞涩地说。

"那你先答应朕一个要求？"成化狡猾地说。

"什么要求？"盘凤飞问。

"从今以后，穿汉服。"成化说。

盘凤飞点了点头。

"来人！"成化早有准备。

张羽推开门，他在外面已经等着了。几个太监手里捧着妃子的服装。

成化说："脱衣吧！"

大庭广众之下，盘凤飞脱下瑶服，换上了汉装。

随即，张羽又关上了门。

穿上绸缎新衣的盘凤飞更加美丽异常，她服侍着成化喝下瑶族具有壮阳功效的蛤蚧酒，和成化一同进了放了花瓣和瑶药的木桶。

"你见过《过山榜》吗？"成化突然问。

"我知道这个故事。"盘凤飞淡淡地说。

成化说："给朕说说。"

盘凤飞说："很久很久以前，一场大战，汉王陷入绝境。他说：'谁能救我，我就把公主嫁给他，和他共享天下。'话音未落，只见一只金毛犬冲出帐外，一会儿就咬着敌酋的脑袋回来了。汉王只好把公主嫁给它。三天后，这只金毛犬变成了英俊的男子，他们生了6个男孩，6个女孩，他们的后代就是瑶族的12个分支。这就是《过山榜》的故事。"

"朕也要与你生六男六女。"成化已经等不及了。

"好啊，皇上今天好有力。"盘凤飞掌控着局势。

午夜时分，成化回到了万贵妃的宫里，他像一个回到母亲身边的男孩，还在兴奋地模仿着犬的动作："今晚朕好有力气。"

万贵妃像教训孩子一样："她是犬猛，有妖术，你不能再去了。"

翌日上午，盘凤飞来到了万国驿站，她把阿青带来交给了盘点灯，并告诉他们，成化昨晚答应了，让盘点灯带阿青回瑶山。说了这几句话，她就和盘石一起回宫了。见面时周敏文也在场，他始终跪在地上不敢抬头。

三天后，盘点灯走了，阿青又回到了宫里，她说盘凤飞身边不能没有人。

46. 怀上龙种

三个月后的一天，盘石慌慌张张地跑来找奉祖辉。盘石告诉他一个天大的秘密，瑶妃有身孕了，上次她为了救盘点灯，怀上了成化的种，她不能为成化生孩子，这样她就更加对不起瑶族了。还有，万贵妃这个老妖婆，自己不能生，也容不得其他人为成化生孩子，要是让她知道了，她会杀了盘凤飞。

盘石说："给我，你必须给我打胎的药。"

奉祖辉怀疑道："你是说瑶妃怀了龙种？"

盘石说："打掉他，要快！"

奉祖辉思索着，慢慢露出诡异的微笑："不，不能打掉。"

盘石急了，"为什么？"

奉祖辉："为什么不要这个龙种？你知道吗，万岁爷至今无后，都是这个女人害的，可现在是个机会，天赐我也。"

盘石问："难道我们要和汉人生子吗？万贵妃要是发现了怎么办？在宫里藏哪儿？"

奉祖辉说："我这些年背井离乡，在这里，为了什么？我们一直在藏，到哪一天是头？现在好了，有机会了。"

奉祖辉哭了起来。

盘石愣了，他不清楚老奉的确切身份，但他知道这个人值得信任，因为他关心或者说是疼爱自己，像父亲一样。

老奉逐渐平静下来，说："我这没有杀人的药，只有救人、保人的药。你带上，告诉瑶妃娘娘，保护好这个孩子，为了大明，也为了大瑶山。"

带回药的盘石一身湿漉漉地走进瑶妃宫，站在火塘旁边。

盘石说："你真的准备留下他吗？你要知道你不是一般的嫔妃，你是瑶人，万贵妃要知道了，你会死。我不能让你死。"

盘凤飞沉浸在回忆中，说："你忘了吗，师公说过，瑶人登基做皇上，我就可以回家乡。"

盘石说："你做梦吧，就算你生下的是儿子，他们会要他吗？会让他做皇帝吗？"

盘凤飞说："当不当皇帝我不管，我是女人，我爱孩子，我不能自己杀了自己的骨肉。"

盘石说："药一共五服，奉先生说，武火煎熬。"盘石哭了起来，"你要你的孩子吧，我不来见你了，你想过我吗？"

盘凤飞站起身来，微笑着走向盘石，抱住了他，像抱住自己的兄弟，轻轻拍打他的后背："生下他，你带着我们回瑶乡。"

盘石说："还回得去吗？"

盘凤飞说："回得去，回得去！"

它它乖巧地跑过来，依偎在她的身旁。

阿青走过来，拿起药，说："老弟，我们一道保护这个崽吧。"

47. 越怕越难

这一天终于来到了。中午的时候，阿青就告诉了盘石，要他过来帮忙。

盘石不解地问："我又不是女人，怎么帮忙？"

阿青说："你是猪脑壳？谁让你帮忙生产？是让你帮忙守门，不能让人看到。"

就这样，盘石从中午开始一直守在瑶妃宫的大门口，挡住一切人进来。阿青在房里照顾，火塘上烧了火，剪刀用火烧了。

盘凤飞问她："你知道该怎么做吗？"

阿青说："我是你嫂子，没见过人生娃，还没见过猪生崽吗？"

两人都笑起来，但心里还是怕得要命。

等了一下午，也没生下来。三个人有些急了。晚饭前，万贵妃从门口经过，停下来敲门，盘石打开门一看吓坏了，忙问有什么事。万贵妃说，过去给太后请安，太后赏了一些点心，路过瑶妃宫就想着送些给瑶妃尝尝。盘石进去通报了一下，回来说，瑶妃娘娘正在沐浴，不便亲自出来接，只好由他来接。万贵妃听后并不交给盘石，而是让一个宫女送进去。那宫女随盘石进到吊脚楼，盘石要送进去。那宫女笑了，说女人洗澡，你太监进去也不合适啊。便推开盘石，自己进到楼里，只见在浴室里，阿青围了大浴巾走出来接了点心，谢过万贵妃，宫女只好出来。万贵妃一行走后，三个人吓得尿都快出来了。

万贵妃是个极有心计的女人，上次成化讲了和盘凤飞同床的经过之后，她记下了日子，今天是算好了日子来查看情况的。回宫后，那个宫女把情况一讲，她马上疑心大增。天刚黑，又遣宫女来探风，这时，盘石已经把宫门关了。宫女回去报了贵妃，她心里已经有数。

深夜了，盘凤飞还没有生下来，两人急得不行，又不敢惊动其他人。盘石和它它坐在外面台阶上，暗自流泪。这时，阿青出来，把盘石叫进了屋，只见盘凤飞躺在那里满头是汗，一筹莫展。

见阿青带盘石进来，盘凤飞把两人叫到身旁，开始托付后事。她让阿青把柜子里她的瑶族嫁衣拿来，对二人说："我不知道能不能顺利生下这个孩子，要是我没过来，这里有个秘密。当年，阿爹临走前，把《过山榜》交给了我，我把它藏在嫁衣里带进了宫，要是我今夜活不过来，你二人一定要活着把它带回瑶乡。我小的时候，听阿爹说，在京城，有一只瑶鹰的眼睛。我在正月十五篝火时，见到了他，就在盘石的身边，如果有一天你们有急事，可以找他。你说'过山榜'，他说'大藤峡'。"

说到这里，盘石和阿青已经是痛哭不已。

盘凤飞大叫一声："我们是瑶人，死也不哭！不哭！"

就在这时，只听"哇"的一声啼哭，一个男婴来到了人间。

三个人都笑了。

48. 月子戏水

虽然已经冰雪消融，但依然是寒风刺骨。一大早万贵妃就让宫女到瑶妃宫来查看动静。按照时间掐算，瑶妃要是有的话，生产就在这两天。所以，她一直在盯着瑶妃的一举一动。

宫女来到门前，就看到宫门大开，她走进院子里。因为在深宫的角落里，所以瑶妃宫的院子很大，与其他宫不同，瑶妃宫里没有更多的建筑，只有一座瑶族的吊脚楼。吊脚楼的周围是一个很大的池塘，夏天荷花盛开，美丽芳香，瑶妃来自南方，喜欢在荷花池里戏水，这是大家都知道的。而现在，棉袄还穿着，怎么会有人戏水呢？宫女老远就听到了有人在戏水的叫声，她来到水池边一看，着实是吓了一跳。只见瑶妃和阿青正在刺骨的冷水里

打闹，见到她来了，叫她也下水来玩。她哪里敢下啊，阿青就跑上岸来用冷水泼她，吓得她赶紧跑了。回宫后，她马上去向万贵妃报告："除非她不要命，哪里有月子里到冷水里头去玩的？除非她不要命了。"

"是你亲眼见的吗？"万贵妃还是将信将疑。

"真的是奴婢亲眼看到的，有半句假话，我不得好死！"宫女信誓旦旦。

"下去吧，就是没有生产，也没有在这个时候跑到冷水池子里玩的啊，这演的是哪出戏呢？"万贵妃仍然觉得这里面有什么事不对劲，是有意为之的。

的确，瑶族女人不怕月子里下水，产妇戏水就是演给她看的一出瞒天过海。

49. 犬舍有狗

尖厉的婴儿啼哭声在寂静的夜空里传得很远，整个紫禁城似乎都能够听到。盘凤飞疲惫地搂抱着孩子，她接过阿青递过来的汤药一口喝了下去。

阿青说："老奉讲咱们的瑶药能让你恢复得很快。"

盘凤飞无心理会阿青，她担心的是这个孩子，他的哭声实在是太响亮了，这让她很紧张，她知道万贵妃没有那么容易就被骗过去，她会不停地找自己的麻烦。

万贵妃从床上坐起来，她看了看身旁沉睡的成化，搞不清自己是否真的听到了婴儿的啼哭声。她睁大了眼睛，仔细聆听着。

她还是起身了，不怕一万，就怕万一。她带着张羽和她号称是女东厂的宫女队伍，天不亮就向瑶妃宫进发，她亲自出马，一定要查个明明白白。

盘石狂奔而至，他冲上楼来，婴儿还在啼哭，盘凤飞在摇晃着，哄着。盘石想好了，他宁可不要这个孩子，他也不能看着盘凤飞出危险。

盘石说："你放手，万贵妃已经领着杀手过来了，来不及了。"

盘凤飞死死抱着孩子不撒手："你要干什么？你想怎么办？"

阿青进来了，盘石说："你快去看住大门，有人来就喊，就拦着。"

盘石说完又回来抢孩子，他用手捂住孩子的口鼻，不让他发声，孩子憋得脸通红。

盘凤飞知道他要干什么了，她举起剪刀，说："孩子死了，我也不活。"

盘石被吓住了："你赶快把东西烧了，我来保护孩子。"

盘石冲到门口，他已经听到了阿青和万贵妃对话的声音，就在这时，他突然看到了一个地方，就顺手把孩子放了进去。

万贵妃和张羽进来了，张羽对盘凤飞说："禀报瑶妃，据说昨晚有飞贼潜入后宫，为大家安全，万贵妃不顾安危，亲自带我们在各宫检查，有打扰的地方请多担待。"

说话间，女东厂早已在楼上楼下搜了起来。

虚弱的盘凤飞看上去像是受了惊吓，但她还是走过来向万贵妃问安。

万贵妃并不理会盘凤飞，她只注意宫女们的行动。

盘凤飞紧紧抱着阿青的胳膊才站立住。

好一会儿的细致搜查，领头的宫女向万贵妃禀报，表示没有发现任何情况。就在这时，几个宫女走向它它的犬舍，它它不高兴了，它站立起来，发出低吼，宫女们不知所措。

万贵妃用眼睛指示张羽，张羽走向它它的住处，它它钻了进去。张羽俯下身子，慢慢地把头探了进去，他看见了一个男婴躺在它它的身下，在朝他笑，而它它在怒视着他。

"张公公，有什么吗？"万贵妃等不及了。

张羽把头从犬舍里收了回来，说："禀报娘娘，犬舍里有狗一只。"

万贵妃哼了一声，带着她的人撤了。

盘凤飞和阿青惊恐地瘫倒在地，盘石把张羽送到门口。

张羽说："你们瑶人可真是不怕死啊。"

盘石说："谢公公为皇上留下这骨血。"

张羽说："赶紧把孩子弄出去，不然大人、孩子都活不成。"

盘石答应着，转身回到瑶妃宫。

犬舍里，在它它的身旁，孩子睡得仍然香甜。

盘凤飞看着盘石、阿青满脸愁容地说："要是天天这样搜真受不了。"

盘石道："是啊，张羽救了一次，救不了第二次，他让我们三天之内把人弄走。"

盘凤飞对盘石："你把老奉找来，对了，叫张公公有空来一趟，我要谢谢他。"

50. 深夜出宫

下午，盘石把奉祖辉带进瑶妃宫。本来男儿是不可以进入后宫的，因为奉祖辉舍命救了成化和万贵妃，加之奉祖辉在万国驿站和各国商人、使节打交道，经常会有许多洋货送给宫里的贵妃，他还能把宫里人多余的东西拿到宫外变卖成现银，这样万贵妃就借着报答救命之恩的机会，让皇上给他发了一个进宫金牌，他便成了一个可以进出后宫的男人。

奉祖辉坐定，盘石关门出去看风。

盘凤飞凝视着他："过山榜。"

奉祖辉一惊，看着盘凤飞："大藤峡。"

这个暗号是瑶族的最高机密，当年他离开瑶乡到京城来当眼线的时候，只有盘富贵和侯大苟知道这个接头暗号，十几年来，从没用过，如今盘富贵和侯大苟都已经牺牲，他正发愁瑶人里面没有人知道他的身份，怎么和族人组织取得联系，现在盘凤飞就向他发出了暗号，他当然不能放过这个机会。盘凤飞是盘富贵的女儿，她当然有机会知道他的身份和联络暗号。

盘凤飞说："世叔，这个孩子是你保下来的，你知道他的价值，万贵妃天天查，你给想个办法。"

天黑了，奉祖辉乘马车要离开瑶妃宫，他和盘石、阿青把几面鼓和上次篝火晚会时借用的东西抬上车，东西装好后，他边驾车离开，盘石要送，他没让。

当车到宫门正在接受检查的时候，万贵妃和张羽一行恰好从宫外回来也走到了宫门口，万贵妃撩起车帘一眼就看到了准备离开的奉祖辉，便下了马车，过来和他打招呼。

万贵妃问："这是打哪个宫里出来，有什么私货啊？"

奉祖辉答道："给贵妃娘娘请安！是瑶妃宫里篝火时拉来的，这不用完了，让我拉回去，白天人多，赶晚上人少拉走。"

万贵妃说："能看看吗？"

奉祖辉说："随便看，有用的您留下。"

张羽和几个太监过来检查，万贵妃也凑过来，当看到几面鼓的时候，万贵妃拔出张羽的佩剑，接连刺破了几面鼓，没发现什么，失望地挥手放行。

奉祖辉急忙出宫。

宫门前，万贵妃和张羽对视。

万贵妃说："你是存心折腾我啊。"

张羽说："下面报说老奉驾车进了瑶妃宫，我能不报吗？"

万贵妃说："是啊，夜猫子进宅，无事不来。这事是有点蹊跷。我总觉得有什么地方不对劲。"

张羽说："该查的都查了！"

万贵妃说："都查了，后头查了，前头呢？中计了。快，调兵，万国驿站！"

51. 搜出孩子

月暗星稀，阴云密布，万贵妃亲自带兵包围了万国驿站。

万贵妃下令："给我围起来，搜！"

锦衣卫手持火把、兵器，团团围住驿站，正要破门而入，只见驿站的大门打开，奉祖辉手捧水烟筒，走出门来。

奉祖辉道："万贵妃金安，刚见面，您又来了，还带这么多人，这是来捧我的夜市啊。"

万贵妃说："老奉，你救过我和皇上的命，我不为难你，你把人交出来我就走人，这事和你没关系，你少管闲事。"

老奉说："什么人啊？我怎么不知道？"

万贵妃说："少装糊涂，就是你刚从宫里带出来的那个婴儿。"

老奉说："婴儿？您不是亲自查了吗，哪有什么婴儿？"

万贵妃："我看你是不见棺材不落泪，不到黄河心不死，让开，给我进去搜！"

张羽带着锦衣卫冲进驿站，挨门搜查，里面瞬间大乱。各个房间的人被赶了出来，有的发出惊叫声。官兵只要小孩子，主要是婴儿，搞得孩子哭，大人叫，乱成一片。

在老奉的卧室，官兵掀开地毯，发现一条通道，立即沿着通

道追了出去，出口竟然已经到了驿站的外面。一辆马车在前面跑，锦衣卫立即调来骑兵追了上去。

车夫驾驶着马车奋力飞奔，不时往后张望。骑兵很快就要追上马车，马车轮毂断裂，失去控制，坠下山崖。兵丁下马查看，并没发现有孩子。

偌大的万国驿站，一共搜查出三个婴儿，带到大门。

万贵妃对奉祖辉："说，是哪一个？"

老奉说："什么哪一个？我不知道。"

万贵妃说："死到临头，还不悔改。"

这时，万贵妃下马走到抱着婴儿的三个女子身边，问："这个孩子和你们是什么关系？"

有一个说是母亲，还有两个说是奶妈。

万贵妃厉声道："母亲带开，其他的大人孩子一起砍了！"

"不成！"此时，有两个人同时喊道。

52. 父子死战

这两个人一个是万国驿站的老板奉祖辉，另一个人是盘石。当盘石听说万贵妃和张羽调锦衣卫来搜查万国驿站，就知道大事不妙，便跟着太监队伍一起来了。他最初是隔岸观火，现在看到万贵妃真的要杀人，终于忍不住了，情急之下，便随着奉祖辉一起喊了出来。

万贵妃闻声寻到这二人，问："为何不成？"

"不可滥杀无辜！"两人同时说。

万贵妃说："滥杀无辜，好啊，你们俩说，哪一个是无辜，哪一个又是有辜呢？"

二人不语。

万贵妃笑了笑："既然如此，我给你们一个面子。这两个孩子，你二人各选一个。锦衣卫，拿两把剑来，你们两个比试比试，谁活着，孩子也活；死了的，对不起了。"

两把剑插到脚下，两人都愣住了。没有人动，对视中是相同的表情，因为太突然而不知所措。

万贵妃在冷笑。所有在场的人都被万贵妃的这一决定所震撼，不少人在交头接耳。

万贵妃厉声嘶叫："再不动手，我就不客气了。张公公，把他们两个都给我砍了！"

奉祖辉先冷静下来，他把水烟筒往后一伸，伙计接了过去。他系紧腰带，慢慢地拿起地上的那把剑，招招手："来吧，孩子！"

万贵妃转头看了一眼盘石。

盘石一脸恐惧，不知所措。

"拔剑！"老奉喊道。

盘石见状，眼一闭一睁，拔起地上的剑，抬头砍向救过自己的奉祖辉。

奉祖辉举剑直刺，盘石轻轻闪开；老奉张剑横劈，盘石跳起

让过。这一来一去，旁人看不出，二人知道，用的全是瑶山十八
式剑法。二人如同在练剑，上中下、左中右、高中低，虚实变
化，快若闪电。老奉的眼光始终盯着一处，那就是盘石眉宇间的
那颗痣。

那颗痣在一个襁褓中的孩子脸上，女人带着哭泣的声音：
"再看看吧，你这一走也不知道什么时候才能回来。"

盘石加快了速度，他想起师公盘钱粮教他剑法时的话："孩
子，天下除你我之外，只有一个人知道这套瑶山剑法，他是你最
亲的人。"

老奉贴身到盘石的怀里夺剑，却又轻轻地将剑交还到盘石的
手中。砰的一声轻响，盘石的眼中是两个相同的手镯，上面都是
大山的图案。

老奉回忆，他亲吻那个孩子，把手镯、项链放到襁褓中。

老奉把两人控制在一起的手腕分开，盘石一剑刺来，打掉了
他的剑，老奉双手合十，将剑合住，深情地凝望着对手。盘石记
起了给他疗伤的眼睛。

老奉分手松开，向后速退，盘石跟上直刺，老奉又一次合掌
扣剑。

盘石想起篝火旁给自己削肉、穿裘皮的那双眼睛。

奉祖辉突然用手拉过剑将自己的胸口顶了进去，盘石完全没
有想到他会用这种方法结束这场游戏。盘石睁大眼睛看着老奉，
倒在地上的奉祖辉前胸后背已经被剑刺透，大口大口地喘气，但
他的眼睛里却没有痛苦，只有深情，好像在说：孩子，好好活下

去。盘石跪下抱着他，问："你是谁，你究竟是谁？"

就在这时，万贵妃高喊："把这两个孩子都杀了，看谁还敢冒充皇子。"

53. 朕要子嗣

春去冬来，转瞬间七年过去了。南边的局势还算稳定，北边瓦剌和鞑靼人却一直没有停止过犯边，成化实在是忍无可忍了。

从朝会上下来，他又来到了万贵妃的宫里，这里才是真正决定大事的地方。

成化急促地踱步："我实在忍不下去了，每年多少赋税交予瓦剌，他们还不满足，还要加税，还要侵边，塞北一带民不聊生。是可忍孰不可忍，父皇之仇未报，我羞做大明皇帝。这次，朕要御驾亲征，了却旧恨新仇……"

成化越说越激动，可万贵妃突然下跪，"你这是干什么？赶紧起来。"成化拉她。

万贵妃听到瓦剌就恐惧："我的万岁爷，当年父皇就是被瓦剌给俘去的……"

成化喊道："朕不是父皇，朕战死疆场，以谢祖宗，也决不被俘！"

万贵妃急了，不该说的话脱口而出："可太子未立，万一……国……不可一日无……"

听到这儿，成化停住脚步，盯着万贵妃："你想说无君是吧，可朕无子啊，为什么？"

万贞儿惊呆了。

成化说："贞儿，你真的以为朕什么都不知道吗？朕永远是你搂在怀里的孩子吗?！"

万贞儿吓得浑身发抖。

成化继续说："那么，告诉我，这是为什么？朕为什么没有，为什么没有子嗣?！"

成化的暴怒反而使万贞儿冷静下来："你听我说，后宫嫔妃各有势力，臣妾之所以……也是不得已而为之……"

成化伤心地说："可你让朕无后了，朕以为你终有一天会行善，可你……"

就在这时，太监张羽突然下跪，望了一眼暴怒的成化，匍匐在地，大声地说："皇上有子嗣！"

张羽这一声因为恐惧而变了调的呐喊，瞬间让房间里鸦雀无声。

成化走向张羽，说："你再给朕说一遍……"

张羽不敢抬头，轻声说："皇上有子嗣啊！"

"朕有子嗣！在哪儿？你告诉我！"这一次，是成化的声音因为激动而变了调。

"父皇！"一个孩子的声音从门口传进来。

54. 近在咫尺

时光回到七年前的那一天。

"张公公，好人做到底，既然您今天都看到了，都知道了，您就要救救我们娘儿俩，他可是皇上唯一的血脉啊！"

就在张羽在它它犬舍里看到了孩子而没有向万贵妃报告的那一刻，盘凤飞就决定了，必须求他来帮助自己救孩子。大内深宫，仅凭自己、阿青和盘石是藏不住这个天大的秘密的。

"这是死罪啊，你可真把我害了。"张羽说。

盘凤飞："张公公，只有您能救我们，求求您了！"

张羽："我帮你把孩子送出宫，你把他送回瑶山，或者藏在京城。"

盘凤飞："孩子不能出宫，他是皇子，他出了宫，是能活下去，可当有那么一天，他要再回来，就说不清了。"

张羽看着这个女人，不仅惊诧，难道她在想，让这个孩子当大明的皇上吗？是啊，他是皇上的血脉，如果没有其他人，为什么不能是他呢？"

盘凤飞说："这可是天大的功德，您救他就是救皇上，就是救大明啊！只有您能救，您已经救了一次，她不会放过你。"

张羽看着面前的盘凤飞，她不仅有胆而且有识，自己已经卷进来了，已经没有退路了，如果能救两代皇帝，自己死不足惜。

张羽说："好吧，看在皇上、看在大明的分儿上，我就豁出去了。"

盘凤飞听到张羽这句话，感动地跪在地上。

张羽赶紧叫她起身："我想咱们这样……"

张羽的计划是：第一步制造一个迷魂阵，把万贵妃的疑心引到宫外；第二步，制造一个假太子，逼她一刀两断；第三步，瞒天过海。这个计划可谓天衣无缝，只是出了父子相残的意外。

七年了，小太子就在瑶妃宫里藏着长大，就等着有这么一天，皇上自己提出对子嗣的渴望和对万贞儿的不满。今天，机会终于到来了。

55. 张羽定计

七年来，瑶妃宫就是一个冷宫，成化不来，其他人更不会来。的确，一个抓来的南蛮野女，不知何故就被封了个妃子头衔，与宫里任何人都非亲非故，加之与万贵妃有隙，还闹出过人命，把老奉给弄没了，断了宫里许多人的财路，简直就是个丧门星。听说瑶妃还会巫术，瑶妃宫里闹鬼，晚上有孩子的啼哭声，宫里死的孩子的冤魂都在这冷宫里。这一传十，十传百，谁还敢进这里来？平时大白天都没人敢从门口过，有事也要绕着走，到了晚上就更没人敢打门口过了。偶尔有胆大的经过，趴在门上听到有孩子的声音，也以为是在闹鬼，生怕引鬼上身，谁还敢吭声？万贵妃自从杀了那两个婴儿后，知道肯定有一个是冤魂，就有了心虚做噩梦的习惯，怎么瞧大夫也好不了，也再不敢上瑶妃宫了。这样一来，瑶妃宫倒也安全了。

夜深人静，盘石带着张羽来了。

张羽对盘凤飞说："有一个机会了，不知道你愿意不愿意？"

盘凤飞问："什么机会？"

张羽说："今天在朝会上，报来瓦剌人又大举犯边，烧杀抢掠，已经到了居庸关。皇上听了非常气愤，旧恨新仇，决意要打，并且提出要亲征，为父报仇。这事万贵妃肯定不同意。到时候有可能拿没立太子当理由，两人呛起来，这机会就出来了。"

盘凤飞说："是个机会，你想怎么运作呢？"

张羽说："明天上午朝会后，如果皇上定了出兵，他一定会下朝先到万贵妃宫里来商量御驾亲征的事，到时候我会跟着去，你们等盘公公的信，然后就让阿青带着孩子沿着我留的记号赶到万贵妃宫门口。盘公公在院子里见我报出实情，就让孩子进屋喊父皇，剩下的事，谋事在人，成事在天了。"

盘凤飞说："那就听您的吧！"

张羽说："开弓没有回头箭，你可想好了，这皇上可能认，也可能不认。"

盘凤飞说："想好了，那就看他的命了。"

张羽说："还有一个可能，就是孩子有命，大人……"

盘凤飞说："我知道，不用说了。"

接着，盘凤飞把孩子叫来，和张羽、盘石、阿青一起，布置了第二天的行动。张羽提前做了准备，戴上了假胡子。告诉他，只有他父皇一个人有胡子，进屋后，见到哪个人有胡子，就叫他父皇，千万不能认错了人。

张羽和盘石走了，盘凤飞和阿青哄孩子睡觉后，为他准备了第二天要穿的衣服，这是盘凤飞给他做的瑶族服装。在火塘边看着熟睡的孩子，盘凤飞和阿青感慨万千，七年以来孩子成长的历程，一幕一幕地浮现出来，两人时哭时笑，一直看到天明。是啊，弄不好就是生离死别，然而盘凤飞心意已决，她知道，这是影响瑶族命运也是影响汉族命运的事，她的儿子有可能成为天子，如果成功，这将会是比《过山榜》更大的一件事。

56. 皇子露面

一声"父皇"从门口传来，随着童声进来一个七岁但却长得羸弱瘦小，连胎毛都没有剪的孩子，他进屋后，用明亮的眼睛搜寻，很快他的目光就锁定在唯一有胡子的成化身上。

看到这个孩子，成化和万贵妃同时一惊，张羽匍匐着一动不动。

小皇子说："看来，你就是我的阿爹了。"

成化走过来，不敢相信地看着他，小皇子同样镇定地看着他。

相貌上依稀相近，天然血缘相亲，让成化瞬间激动起来，他蹲下身子，不敢相信地端详着他："你，再叫一遍。"

小皇子问："你是想听父皇，还是想听阿爹？"

站在一边的万贵妃同样激动，她从成化两岁开始来到他的身边，就再也没有离开过，这个年龄的成化同样经历着皇权争夺带来的煎熬，她似乎又看到了那时的小成化，毫无疑问，这就是他的血脉，只是，他不是自己亲生。

孩子的羸弱和瑶族的衣衫，突然激起了成化巨大的愤怒。"欺君！"这是不可饶恕的。他松开孩子起身，向门外走去，头也不回地喊道："抱上他！"早就跪在门边的盘石一把将小皇子抱起，众人跟随而出，朝着瑶妃宫急速奔去。

在成化离开的那一刻，张羽立即起身跟了上去，当他经过万贵妃身边的瞬间，万贵妃说："张公公，你得给我一个交代。"

张羽停顿说："娘娘，一定的。留下他，这是万岁爷唯一的血脉了！大明绝后了，娘娘就是罪人啊！"

在往瑶妃宫的路上，小皇子依然保持着见到父亲的兴奋，他不停地说话，他从生下来到此时，就从来没有见过这么多的人。"你还没有告诉我，你是喜欢我叫你哪一个。"

小皇子稚嫩的话语，使得成化不敢看他。

成化问："你叫什么名字？"

小皇子答："我还没有名字，阿妈说，有一天阿爹会给我起。"

成化不敢和他对话，自己在他的年龄，至少已经有名字了。

57. 血鉴忠心

成化走进院门大开的瑶妃宫，很远就看到了在吊脚楼上迎候的盘凤飞和阿青。自从孩子离开后，盘凤飞和阿青就换上了盛装宫服在吊脚楼的平台上等候着，这毕竟是一场生死较量，她不能犯任何错误，尽管孩子的血缘是影响成化的关键，但是成化以及其他人的态度，也对事情的走向和结果会产生直接的影响。

昨天晚上几个人商议之后，张羽感慨地说："奴才给皇家当牛做马二十年，可到头来还是欠他的。还是背着除死以外也赦不了的罪。唉，真他妈的天生就是一个贱人。所以明儿是我的一个机会，报答万岁爷、报答娘娘的机会！你们谁都别跟我争。"

盘石郑重跪下，叩首。

张羽说："这是闹哪出啊，快起来。我还想叮嘱娘娘一句话，您儿子要想当太子，就先要是皇子，你就不能是瑶女，而要做皇妃，要以皇妃的身份向他们求情。人都有情，要学会忍辱负重，为了这孩子，我这老命都可以让给他们，这，值！"

看见成化一步一步地走近，盘凤飞躬身行妃子礼。成化走上台阶，站定在她的面前。众太监、锦衣卫围列左右，盘石和小皇子站在门口，慢慢向瑶楼走去，它它从犬舍出来，奔到小皇子身边蹲下。匆匆而来的张羽进来先冲小皇子笑了笑，好像在鼓励他表现不错。

平台上的成化盯着在行礼的盘凤飞，打断了她的问候套词："抬起头来。"

盘凤飞抬起了头，平静地看着他。

成化说："多大了？"

盘凤飞说："七岁。"

成化说："你竟敢瞒了朕七年。"

盘凤飞说："万岁爷不来臣妾的瑶楼也是七年，难道说，臣妾就真的只是个人质吗？难道说万岁爷做回瑶王就是新鲜一下吗？臣妾何时何处可以面见万岁，禀呈此事？"

成化大怒："大胆！"

盘凤飞咬着牙，不回避地看着他。

就在这时，万贵妃悄悄地进了瑶妃宫的院门，她来到了小皇子的身边。

小皇子抚摸着它它，说："它叫它它，没见过这里有这么多人，它会害怕。"

万贵妃神情复杂地抚摸了一下小皇子的头和面颊，问："你叫什么名字？"

小皇子说："阿妈没有给我起名字，她说要阿爹起，她只是叫我端。"

成化说："还有谁帮她瞒过朕？自己说。"

张羽扑通一声跪了下来。

惊讶得成化不相信地看着。

张羽直直地跪立着，泪如泉涌，大声哭喊道："皇上不可无后！奴才隐瞒万岁爷七年，知道这一天会来。奴才的命贱如草芥，可大明江山社稷重如泰山，奴才此前将皇上的子嗣一个未

留，即使领死，也罪无可恕，只求皇上留下这唯一的血脉。"

成化走下台阶，从一名锦衣卫的腰间拔出长剑，气恼地将长剑掷在张羽的面前，怒斥道："大逆不道，欺君之罪。"

张羽看向万贵妃拼命地哭喊："娘娘慈悲，奴才以性命给你交代了，成全万岁爷这唯一的骨血吧！"

万贵妃嘴唇颤抖了，她拉起小皇子的手，说："你跟我走，等会儿再回来，敢吗？"

小皇子沉着地说："我敢，可是能让它它跟着我吗？"

万贵妃领着小皇子出了门，它它也跟了上去。

远处一直紧张地看着这边的盘石绝望地闭上了眼睛，眼泪掉了下来。

就在这时，张羽猛然地将长剑刺入自己的躯体，疼痛使他的身体卷成了虾米。盘凤飞扑通跪了下来。

张羽倒在血泊之中，成化不敢相信地看着他。

58. 杂种龙种

太监们上前，将张羽从泪流满面的盘石面前抬走。

成化看着盘凤飞说："下一个，就是你。"

盘凤飞起身，说："皇子无罪，求万岁爷恩典，许他出宫，回瑶乡。"

成化说："他能出去吗？还回瑶乡，他身上有朕的血！"

盘凤飞说："那就留下他，立为太子。"

成化说："立为太子？他是什么血统，杂的！懂吗？杂的！"

盘凤飞忘了张羽的嘱咐，失态地争辩起来："杂的，谁是杂的？谁又是纯的？瓦剌人打进来的时候，大明在哪里？蒙古人打进来的时候，宋朝又在哪里？谁能明白地说，自己是什么纯的人？我们瑶族，自从有了《过山榜》，就记录着我们有一半汉族的血统，几千年了，我们自己能够改变吗？这是我们的骄傲。他不是什么杂种，他是你的儿子，他是龙种。"

成化一时说不出话。

盘凤飞跪下了，她开始哀求："万岁爷，他是个孩子，他是你的皇子，他在这大明皇宫里出生，从来没有离开皇宫半步，他根本不懂得什么瑶啊、汉啊，他连名字都在等着父皇来给他起，你可以不要臣妾……"

成化这才看见吊脚楼的厅堂里已经准备好了绫绢，他不知如何决断。

"父皇！"突然从身后传来一声稚嫩的呼唤。他回头和所有人一起看到了令人难以相信的场景：小皇子已经换上了一身太子服，胸前挂着成化年少时的那串铃铛，而此时牵着他手的却是万贵妃。

皇子走向成化，万贵妃突然下跪："臣妾以为可以，臣妾罪该万死！但祈求万岁爷恩典，给臣妾个赎罪的机会！"

盘凤飞瞬间领悟过来，立即转身跪向万贵妃，说："瑶妃谢过娘娘，从今以后，这个孩子就是姐姐的儿子了。"

万贵妃颔首，说："你放心吧。"

成化艰难地说："准！"

59. 情系瑶乡

小皇子收回看向母亲的视线，看着成化走下台阶，向自己伸出了手，他把小手也伸给了成化。

小皇子忍住哭，问："父皇，阿妈会死吗？"

成化转头看天，说："孩子，天子必有好生之德，是为仁。"

盘凤飞将头叩地："万岁恩典！臣妾只有一求，让它它陪着孩子，七年来，它它一直陪着他，它它不分瑶汉。"

成化轻声说："准！"

他犹豫了一下，对小皇子说："去，和你阿妈道个别吧。"说完，他走出院子。万贵妃和其他人也都跟了出去。只有盘石和阿青在身边。

盘凤飞抱着儿子笑了。她将自己手腕上的铃铛解下来，绑在了它它的脖子上。

盘凤飞平静地看着儿子说道："很快人们要称你为太子了，你会记得阿妈吗？和万阿妈好好过活，好好学习。你很快会有名字，不再叫端了。能再唱一遍阿妈教你的儿歌给阿妈听吗？"

小皇子在盘凤飞的怀里唱了起来：

阿爸呢，阿爸！

我若是小鸡，

小鸡崽出壳，

母鸡还带它找吃哩。

我若是小猪，

小猪崽出窝，

母猪还不舍离哩……

盘凤飞转身对盘石和阿青说，这些年，谢谢你们的关照了！
有一天，他当上了皇上，我就可以回瑶山了。那时你们也一起回
家，还有《过山榜》，带回去交给山主……

盘石哭着叫喊："瑶妃归天了！"

成化和万贵妃在宫墙的甬道中牵着太子的手，越走越远。

60. 魂归桂岭

后来，万贵妃死了，41岁的成化因为伤心过度，很快也死了。

公元1487年9月，盘凤飞的儿子真的当上了大明的皇帝，他就
是明代第九位皇帝——明孝宗朱祐樘，年号弘治。

弘治元年（1488），对于大瑶山来说，是一个具有历史意义
的年景，广西大瑶山各族首领在知府周敏文的率领下，来到圣堂

山千家峒参加盘王节祭祖大典。

就在不久前，京城传来急报，弘治皇帝登基后，向天下重新颁布《过山榜》。新皇诏曰：古往今来，中华各族，共居神州，兄弟情深，血脉相连，新皇登基，秉持先皇之精神，倡导仁和，体恤苍生，减轻赋税，大赦天下……

这新皇弘治，就是盘凤飞的儿子，而大瑶山盘王盘点灯就是皇帝的亲舅舅。这不，皇帝专程派大内太监总管盘石前来大瑶山督办三件大事：

第一，代表弘治皇帝参加盘王节庆典，凭吊母系先祖盘王，并将盘王节定为每年一度的天下瑶人的祭祖日，大瑶山知府以下官员须着瑶服致贺，代表天子行礼。

第二，盘凤飞享大明皇太后待遇，在京随先皇成化入昌平皇家陵寝，另根据太后生前遗愿，其衣冠冢在大瑶山凡叫"贵岭"之地建立，以表太后功德。

第三，着太监总管盘石代表太后将先祖盘王之圣物《过山榜》送交盘点灯山主保管，并付新皇弘治重颁《过山榜》之诏书。

烟雨笼罩着大瑶山，从烟雾中穿行出来一队竹排，划进了圣堂湖。盘石就是从这里离开大瑶山的，今天他又回来了。当年和他一起离开的50个少男少女，如今只有十几个人和他一起回来，还有那只叫它它的老狗。他的竹排上带回来盘凤飞离开时穿的那套瑶服，瑶服的夹层里还放着那份《过山榜》。宫里的画师复制了一份，他把原件带回来，交给了盘点灯。但更重要的是他带来了新皇重颁《过山榜》的圣旨。这个有着瑶族血统的小皇帝，希望实现弘治中兴，这里也包含了《过山榜》的精神，也就是天下植被盘根错节，各族兄弟血脉相连，没有什么血缘的高低贵贱。

马上就要到圣堂山了，盘石看到了他当年抓周明德当大英雄的地方，就在这时，两岸的山林中突然响起他熟悉的歌声，他的眼睛立即就被泪水模糊了，他看见了许多欢迎他们的人，大瑶山各族的人。

结束：

故事讲到这儿，大家都觉得《过山榜》与鸡缸杯的价值相比，的确不可同日而语。经过一个月的联系，在得到申请批复之后，我们来到华盛顿美国国会图书馆，专程瞻仰了这份珍贵的历史文物。它长7米，宽0.4米，锦缎材质，图文并茂，古香古色，既充满了沧桑的神秘感，又有大开门的经济价值。离开图书馆后，讲故事的朋友说，据他所知，还有一件宝贝，也与《过山榜》有关，保证也比那个鸡缸杯值钱。大家忙问什么宝贝。他说："我先给你们透个底：那是1959年新中国成立十周年庆典，毛泽东主席在新建成的人民大会堂接见全国少数民族代表团，当一位身着盛装的瑶族少女走到身边的时候，她自我介绍说：'我是瑶族。'毛主席欣悦地说：'瑶族有一个大藤峡起义，是革命的农民起义。'接着他伸手向身后的工作人员要来了纸笔，欣然写下'大藤峡　毛泽东'六个字。至今，这六个字就镌刻在广西平南县大藤峡峡谷。"

电影文学剧本

《过山榜》

1. 一张残破的《过山榜》 衬底画面

一张残破的过山榜从丛林远处飘来，衬底画面出现——

丛林深处的呐喊声。

狗在狂奔。

大藤峡。

皇家的仪仗队从逶迤延绵的小路往大藤峡走去。

一双苍老的狗眼特写。

画外音：瑶族，以狗为图腾的少数民族，从上古时代就开始繁衍生息在南方的广袤土地上。这份被瑶族视为比族群生命更重要的文书叫《过山榜》，也叫《评王券牒》。里面记载了瑶人与汉人的神秘契约，因为这一契约，瑶汉两族数千年亲如一脉，相安无事。到了明代，由于民族矛盾激化，当时的大明王朝在错误的民族政策导引下，欲撕毁这一契约，并抹掉瑶汉两家延绵数千年的血亲历史，从而激起瑶民的强烈反抗，引发了一场上百年漫长的瑶汉战事。《过山榜》，则在战火中遭遇了一段神奇无比的历程……

2. 大藤峡 黄昏 外

大雨伴着狂风卷过丛林，树叶在风雨中飘落。

黄昏中的瑶乡山寨被雨淋湿了。

衬底画面出现过的那队皇家仪仗队走到大藤峡。

旗幡在风雨中飘荡。

大藤峡对岸，盘点灯和一群瑶人在风雨中的丛林跳起了野性十足的瑶族舞蹈。

随着呐喊声，牛角号声吹响了，号声穿过风雨，直抵大藤峡那边的皇家仪仗队。

一只老狗（它它）迈着苍老的步子，奔上大藤峡的藤桥上。

这大藤峡是由好些根碗口粗的古藤连接两岸，古藤泛着黑黝黝的光。

它它回头张望，只见皇家仪仗队队列井然。

一顶八抬大轿旁，在太监盘石的指挥下，从轿里请出两套服饰，一套是早已破旧不堪的瑶服，另一套是簇新的汉人皇妃服。

几十个皇家仪仗队成员文质彬彬地恭迎，这一切与对岸瑶人野性的舞蹈和牛角号及呐喊声形成两个民族迥异的鲜明对比。

它它转头往对岸望去，瑶人在盘点灯的带领下，于风雨中一边舞蹈一边呐喊，朝这边走过来。

它它睁着一双狗眼，似乎有些茫然。

它它的眼中突然出现无数条瑶狗，一边叫着一边狂奔而来……

3. 大藤峡　日　外

丛林中，狗叫声此起彼伏，惊天动地。

还是一条小狗的它它扬起四只狗腿紧紧跟在一群凶猛的瑶犬后面，大声吠叫。

丛林中，不时出现明军手中的长矛、火枪。

瑶狗们有目的地将进入丛林的明军冲散合围，明军用手中的长矛扎向奔过来的瑶犬，却总是扎不中，不是扎在树上就是扑了个空，由于距离过近，长长的火枪也派不上用场。

无数官兵被撕咬，人的惨叫声与狗吠声混合在一起。

一把长矛朝它它刺来，眼看就要被刺中，却被奔过来的十六七岁的盘石用手中的戟当的一声断开。

随着一声惨叫，长矛挂在树上。

它它兴奋地大叫，继续往丛林里奔去。

训练有素的瑶犬迅即将被冲散的官军分股合围。

官军奋起反击。

惨战。

惨战中的盘石勇猛无比，尽管身上被划开数道渗出血水的裂口，他依然不管不顾，勇猛的目光与他的年龄极不相称。

知府周明德望着惨烈的场面，挥手想制止，他张嘴大叫一声，旋即被铺天盖地的厮杀声淹没。

盘石瞄准前面的知府周明德，猫着身子往树林里灵敏地奔去。

在狗的撕咬声中，不时有官军掉进事先挖好的陷阱。

一个官军身子挂在树杈上。

树下，它它和十几条瑶犬朝他凶凶地吠叫，那官军将脚一缩，抓着树的手却松了，砰的一声掉进下面全是残枝败叶的陷阱。

它它抬起一只后腿，往陷阱里撒了一泡长长的狗尿……

4. 大藤峡　日　外

官军在瑶犬的追逐下大败。

早已瞄好周明德的盘石与盘点灯猛地扑上，将落荒而逃的周明德一把逮住。

盘石挥着手中的戟兴奋地大叫："土司爷，我抓住知府周明德了，我抓住知府周明德了！"

随着盘石的大叫，土司盘富贵和瑶军们举手挥矛，"哦嗬嗬，哦嗬嗬——"地吼起来。

5. 瑶寨里　日　外

噗的一声，从瑶寨里飞出十多只鸽子。

一座吊脚楼上，身着瑶服的少女盘凤飞望了望那群飞上蓝天的鸽子，转身从吊脚楼走下……

6. 瑶寨里　日　内外

随着一声沉闷的巨响，只能容纳一人通过的瑶寨山门紧紧关闭。

众声喧哗中，盘点灯和盘石将五花大绑的知府周明德押进瑶寨。

土司盘富贵站在那里，紧绷冷脸，一声不吭。

瑶民大声叫着嚷着，叫嚷声充满了十足的野性和一股杀气。

周明德面如土色，惶恐不已。

7. 通往瑶寨的山路　日　外

周明德之子周敏文，不要命地往瑶寨一路狂奔……

8. 瑶寨里　日　内

听着瑶民们野性十足的呐喊，盘凤飞和它它快快地朝这边走过来。

9. 寨门　日　内外

周敏文挥拳用力敲打寨门，一边大声叫喊："凤飞，快开寨门！快开寨门！"

寨门里，它它冲寨门外叫着。

盘凤飞听着外面周敏文焦急的叫喊，望了望寨门不远处那群瑶人，听着瑶人杀气腾腾的呐喊，有点迟疑。

寨门外，周敏文还在焦急地敲着寨门："凤飞，我要见你爹，我有要紧事跟他说，开门，开门啊！"

寨门慢慢拉开。

周敏文惊了一下，望着站在寨门里的盘凤飞。

周敏文："开了……你真把寨门开了！"

盘凤飞深情地望一眼周敏文："你把命都喊出来了，我哪能不开？"

10. 瑶寨里　日　内

瑶民们围着周明德又喊又跳。

周敏文快步奔过来走到盘富贵跟前，跪下，拱手抱拳："土司爷，富贵大叔……"

盘富贵见是周敏文，先是一惊，随即猛地喝道："捆了！"

盘石和盘点灯立马奔上，拿着绳子就要捆绑周敏文，被周敏文用力甩开。

盘石打了一个趔趄，差一点摔在地上。

那边被几个瑶人扭住双手的周明德冲盘富贵大声叫道："富贵兄弟，不要跟敏文过不去，他小时候可是跟你认过干亲的！"

周敏文："富贵大叔，敏文冒死冲撞寨门，是来提亲的！我和凤飞自幼两小无猜，情深意长，愚侄今日就当着富贵大叔和瑶家各位阿叔阿伯的面，正式向盘家求亲，以息战事！"

盘富贵和众瑶人被周敏文突如其来的提亲吃了一惊，旋即便是一阵嘘声和耻笑声。

周明德也是一惊："我儿，你这是从何说起，婚姻大事岂可如此儿戏！"

周敏文情真意切："富贵大叔，想你十余年前与我爹结为把兄弟，周盘两家是何等交好，敏文从小也一直将你当亲人视之，两家倘能重续前缘，我与凤飞结为百年之好……"

众瑶人打断周敏文的话，纷纷道：

"屁话！"

"不要脸！"

"瑶汉两家不能通婚！"

盘石上去就是一脚，踢向周敏文："让你提亲，凤飞姐是我要娶的！"

站在凤飞身边的阿青焦急地拉了拉凤飞，凤飞将阿青的手轻轻挡开。

一直没吭声的盘富贵这才喝道："盘石，你还没度戒，站一

边去！"

盘凤飞与坐在身边的它它对视了一眼，它它似乎会意，突然张嘴汪汪大叫起来。

它它的叫声惊动了所有瑶犬，全跟着大叫，狗叫声一时盖过了瑶人的喧闹声。

盘富贵听着狗叫，突然声如雷震："既然神灵们开口了，那就占卜吧，看看盘王答应不答应这门求和的婚事！"

人群中的大师公盘钱粮相貌怪异，一脸沧桑，望着盘富贵。

11. 山洞里　黄昏　内

昏暗的油灯光下，大师公盘钱粮身着法服，尽管神情肃穆，看起来却甚是滑稽，他嘴里念念有词，随即作法占卜。

盘钱粮正要扔卦，忽听洞内一阵响声呼啦啦传来，盘钱粮扔卦的手抖了一下，抬头望去，只见一群蝙蝠朝他飞过来，黑压压地围着他的身子盘旋，然后飞开。

盘钱粮闭目，嘴里不停地念着。

蝙蝠朝洞内暗处飞去，盘石蹲在那里，望着父亲盘钱粮，一脸的恶作剧。

盘钱粮嘴里念念有词，又要扔卦，盘石急忙站起身，围在他身边的那群蝙蝠又飞向盘钱粮。

盘钱粮有些惊慌，手里拿着卦，望着朝他飞来的蝙蝠。

盘石见父亲一脸惊慌和滑稽，捂着嘴鬼鬼地笑了。

盘钱粮猛地转过头，一双洞察一切的目光射向暗处的盘石。

盘石忍住笑，蹲在那里一动不动。

飞回来的蝙蝠围着盘石飞来飞去。

12. 洞外　黄昏　外

被松了绑的周明德望着儿子周敏文呵斥道："你是汉人，岂可与瑶人通婚？"

周敏文："我喜欢盘凤飞，我想和她成亲！"

周明德："胡闹！"

旁边的瑶人纷纷议论：

"大师公的卦，怎么还没卜出来？"

"盘王不会同意。"

"走，进去看看去！"

几个瑶人说着往洞内走去。

13. 山洞内　黄昏　内

大师公盘钱粮一边追着盘石，一边叫道："占卜大事，你也敢胡闹，看我不打死你！"

盘石在洞里左闪右躲，那群蝙蝠跟着盘石飞来飞去，盘钱粮怎么也追不着。

盘石："盘凤飞是我的，我要娶她！"

盘钱粮将盘石追出洞口。

盘石见洞口站着十几个瑶人，又往洞里退去，被盘钱粮一脚踢翻。

蝙蝠飞过来，被盘钱粮恼怒地伸手挡开。

14. 洞口　黄昏　外

盘富贵站在洞口，望着盘钱粮冷冷地问："盘王何意？"

盘钱粮："盘……盘王说，此事当由凤飞本人定夺！"

盘富贵和瑶人们将目光投向洞外的盘凤飞。

站在盘凤飞身边的阿青轻轻说了声："盘王说话了。"

盘凤飞："爬我的吊脚楼吧！"说罢，转身走了，它它紧跟。

众瑶人对凤飞的回答均感意外，吃惊地望着凤飞离开的背影。

盘石爬出洞口，朝盘凤飞的背影大叫："凤飞姐，不要嫁给他，我要娶你！"

盘凤飞心里咯噔了一下，停了停，继续往前走去。

15. 盘凤飞家吊脚楼　夜　内外

盘凤飞坐在吊脚楼里，双手理着有点凌乱的头发，然后拿过旁边一顶缀满彩珠的瑶帽，戴在头上。

楼下。

周敏文双手抓住吊脚楼杆，往楼上爬，却怎么也爬不上去。

周敏文小声叫道："凤飞，凤飞！"

不远处，盘石站在黑暗处望着周敏文笨手笨脚地爬上吊脚楼，小声而焦急地叫着："它它，它它……"

吊脚楼里，盘凤飞一双黑眸望着闯进来的周敏文，两人一时都有点不知所措。

周敏文咧咧嘴，有点狼狈："这……这吊脚楼，我可是第一次爬。"

盘凤飞："瑶人提亲，都是这样的，你……没摔着吧？"说罢，将手伸向周敏文。

周敏文怯怯地退缩："没……没摔着。"

盘凤飞大胆地："我看看。"

周敏文："男女授受……等你我结了亲……"

盘凤飞顿感失落地收回手："你真想做瑶人吗？"

周敏文："为你，我哪样都愿意。"

盘凤飞："你爹……"

周敏文："我不管，反正我楼都爬了。"

盘凤飞："我也不管，随他们怎么说。"

周敏文："我就是有点怕你爹，一张脸，好吓人。"

盘凤飞淡淡一笑："阿爸管不着。"

这时，它它猛地闯了进来，冲周敏文不停地叫了起来，周敏文慌忙躲闪。

下面的盘石听见它它的叫声，鬼鬼地笑了笑，转身离开。

16. 大师公盘钱粮家　夜　内

盘石走向父亲盘钱粮，蹦出一句话："爹，我要度戒！"

盘钱粮："你才满十六岁，还不到年龄。"

盘石："我活捉了知府，我做的事你们大人都没做到。"

盘钱粮："阿爸知道你的心思，你喜欢凤飞，想去爬她的吊脚楼。"

盘石猛地跪下，慷慨道："阿爸，儿子是想娶凤飞，但儿子更想成为部落的大英雄，族群的大英雄，请阿爸成全，趁早给孩儿度戒！"

盘钱粮猛地转过身来，望着跪在地上的儿子盘石，一阵激动。

17. 大藤峡　日　外

二十岁开外，少年老成的太监张羽，率领一队前来救援的明军奔向大藤峡，正碰上被瑶人放掉的周明德、周敏文父子和一群吃了败仗的明军。

张羽一惊："来人可是周知府？"

周明德一见张羽慌忙跪下："在下正是周明德。"

周敏文随父一同跪下。

张羽睥睨了一下周氏父子："不是被瑶人活捉了吗？为何又被放了？"

周明德一时语塞："这……"

18. 瑶寨　日　外

战后，寨里一片短暂的宁静平和。

一场度戒仪式正在空旷的坪里举行。

盘石和十几个少年赤着脚在火坑里奔跑，手里捧着通红的铁犁。

旁边围着好些观看的瑶人，盘凤飞和阿青也在其中。

几个瑶人望望盘凤飞，不屑地小声议论：

"想嫁个汉人，呸！"

"昨晚周敏文爬了她的楼。"

"盘王根本就没有答应。"

盘凤飞听着旁人的议论，目光却一直追随着盘石的身影。

盘石赤着脚在火坑里不停地奔跑……

19. 大藤峡 日 外

张羽望着跪在地上的周明德，声色俱厉："周明德，你胆子不小！竟敢借周盘两家联姻贻误战事，该当何罪？"

周明德慌忙道："张公公，这瑶汉两家战事始于先帝洪武年间，经建文、永乐、洪熙、宣德、正统、景泰到如今的成化，凡数十载，生灵涂炭，国库耗糜。朝廷与瑶民之间，是两败俱伤啊！全都是因了那张《过山榜》……"

张羽冷笑："什么《过山榜》？分明是一份蛊惑人心的妖书！"

周明德："张公公，可不能这样说，《过山榜》实在是先朝与瑶人的一份契约，上面有汉人数千年来对瑶人的承诺……"

张羽："来人，摘了他的乌纱！"

手下闻声上前扭住周明德，摘下官帽。

周明德一边挣扎一边大叫："张公公，在下说的是实情，是实情啊！"

20. 瑶寨　日　外

十几个刀梯矗立。

它它坐在一个刀梯下，支着耳朵往上看去，它的眼中，刀梯高耸云端，梯上的刀泛着亮亮的寒光。

盘钱粮和度戒师们分别向盘石和几个度戒的少年念叨着什么。

盘钱粮："伸脚。"

盘石他们伸出赤脚。

度戒师们一一查看，然后在每人的脚上用红笔画上一个符箓。

它它跑到盘石身边，用鼻子嗅着盘石的脚，盘石轻轻将它它踢开。

盘钱粮："度戒，是我们瑶人的成人礼，在你们走过火海后，再攀上刀梯，就算得上一个真正的瑶家汉子了。"

盘石他们跃跃欲试。

在得到度戒师点头允诺后，盘石他们开始赤脚走向刀梯。

21. 通往瑶寨的路上　日　外

张羽率明军朝瑶寨扑来。

张羽："攻寨！"

明兵提着长矛、火枪冲向瑶寨。

22. 瑶寨　日　外

盘石爬上刀梯，转头朝站在那里的盘凤飞大声叫道："凤飞姐，等我爬上刀梯，下来就娶你！"说罢，赤脚攀上刀梯。

阿青捅了捅身边的盘凤飞："凤飞姐，盘石喜欢你。"

盘凤飞淡淡一笑："他是小弟弟。"

盘石像猴子似的往刀梯上飞快攀登。

快要上去的盘石突然回身望向下边的凤飞，正要炫耀地朝凤飞笑，倏忽猛皱眉头，嘴里"哎哟"一声，踩在刀上的脚被划破，流出血来。

盘凤飞尖叫一声，嘴巴张得大大的。

正在这时，寨外传来惨烈的呐喊声。

有人大叫："攻寨了，官军攻寨了！"

23. 瑶寨外　日　外

寨外道路狭窄，寨门坚固，尽管明兵人数众多，却基本派不上什么用场，寨门怎么都无法攻开。

张羽望了望坚固的寨门，又把目光转向被几个明兵扭住的周明德和周敏文，举手示意明军停止攻打寨门。

24. 瑶寨内　日　内

盘石抓住刀梯，眼看就要攀上梯顶，刀梯却被混乱的人群撞翻，盘石重重地从刀梯上摔了下来。

盘石望着倒在地上的刀梯哭丧着脸："只差两梯，我只差两梯，就成为真正的男人了……"

盘凤飞奔上去："盘石，没事吧？"

盘石："阿爸说，没能度完戒的人，会变成一只小鸟……"

阿青喘着气跑过来，冲盘凤飞道："凤飞姐，周敏文在寨门外说是给你下聘礼来了……"

盘石猛地从地上爬起，抽出刀梯上寒光闪闪的两把刀："他要下聘礼，我就杀了他！"说罢，就往寨门跑去。

盘凤飞紧紧追上，一边焦急地叫道："盘石，盘石！"

25. 瑶寨里　黄昏　内

盘富贵带领盘点灯和一群瑶兵来到寨里通往外面的一个洞口。

盘富贵："官兵来势凶猛，你们守住洞口，保护女人和娃崽们从洞里撤离，我和点灯他们去顶住寨门，走！"盘富贵说罢，引着一群瑶兵往寨门奔去。

26. 瑶寨寨门　黄昏　内外

寨门外，周敏文在张羽的逼迫下，颤抖的声音冲寨门里叫道："凤飞、富贵大叔……"

周明德慌忙伸手捂住周敏文的嘴。

张羽使了个眼色，两个明兵上前立马将周明德拽开。

周明德："敏文……"周明德的话音未落，被一个明军用一把茅草堵住了嘴。

张羽望着周敏文："叫开寨门，我向朝廷给你保功！"

寨门里，盘石拉住盘凤飞。

外面又传来周敏文的声音："凤飞，富贵大叔，我送提亲聘礼来了，瑶人可是从来不怠慢送礼人的……"

盘凤飞上去就要开门。

盘石："凤飞姐，不能开门！"

盘凤飞："他已经爬过我的吊脚楼，瑶人不兴这样不讲礼数。"说罢，拨开盘石，上前打开寨门。

几个明军抬着几个箱子依次鱼贯而入，盘凤飞望了一眼盘石，盘石将脸扭向一边。

谁知，几箱聘礼刚一抬进寨门，十几个明军手提兵器拥了进来，迅即将寨门两边把守。

盘凤飞大惊。

正在这时，盘富贵和盘点灯率领一群瑶军冲向寨门，两军立时短兵相接，厮杀混战。

盘石挥着两把刀叫喊着冲向明军。

一群瑶狗黑压压的，一边吠叫，一边往寨门奔去，它它也跟在其中。

暮色中，两军混战。

盘石手中挥舞着两把刀横冲直撞，英勇无比。

周明德被长矛刺中，口中喷血，倒地而亡。

另一边盘富贵也被长矛刺中。

瑶军渐渐不支，往洞口方向败退……

寨里，燃起了无数松油火把。

在一片厮杀声中，盘点灯背着身受重伤的父亲盘富贵狂奔。

盘凤飞紧紧追在父亲和哥哥的身后，一边哭叫着："阿爸，阿爸……"

盘点灯凶凶地回一句："是鬼拉住了你的手，把寨门开了！"

盘富贵："不要……不要责怪你阿妹……"

盘点灯背着父亲跑到离洞口不远处。

盘富贵："把……把我放下……"

盘点灯："阿爸，前面就是洞口了……"

盘富贵不容置疑地："放下，阿爸有话跟你说……"

盘点灯只好将父亲从背上轻轻放下，凤飞焦急地想去帮忙，盘点灯狠狠地瞪了妹妹一眼。

盘富贵躺在地上喘着粗气，身上被血水染得湿乎乎的。

盘富贵颤抖着手，从贴身处掏出一张《过山榜》："你……你两兄妹记住了，这份……这份祖祖辈辈留下来的《过山榜》，

是瑶人的命根子，人在，过……《过山榜》在，人……人不在，《过山榜》……也得在……"

盘点灯和盘凤飞几乎同时叫了声："阿爸！"

盘富贵："阿爸快死了，进不了洞了，凤飞，这……这份《过山榜》，阿爸交给你……"

盘点灯焦急地："阿爸，《过山榜》要交也得交给我，怎么……"

盘富贵："你……瑶族的男人是要随时准备付出性命的，女人，得活下来……凤飞，接着……"

盘凤飞："阿爸，我……我担不起……"

盘富贵："你是土司的女儿，得担！"

这时，厮杀声由远及近传了过来，狗叫声也传了过来。

盘富贵："点灯，快……快与妹妹进洞里去。"

盘富贵与盘点灯说罢，拉过盘凤飞的手，将《过山榜》放在盘凤飞的手中，用尽最后的力气，紧紧将盘凤飞的手捏住。

盘凤飞慌乱地望着父亲。

盘富贵望着盘凤飞，艰难地惨然一笑，那只捏住她的手无力地松开了……

盘凤飞大叫一声："阿爸！"

随着狗叫声，它它和一群瑶狗往洞口这边狂奔而来。

盘石也与一群瑶军往这边退过来。

满寨的松油火把，狗叫声此起彼伏……

27. 洞口 夜 外

随着一声沉重的哗啦响声，洞口的石门紧紧关上。

张羽和一群明军追到洞口边，被挡在洞门外，只听见洞里传来一阵又一阵狗的吠叫声。

疲惫不堪的明军望着那道严严实实的石门，无可奈何。

28. 洞口 晨 内外

激战过后的瑶寨，迎来了一个白雾蒙蒙的早晨。

一片雾霭中，张羽和他的那群明军横七竖八抱着长矛、火枪等兵器，或坐或躺在洞口外。

周敏文坐在那里，蓬头垢面，两眼发直。

一双脚从雾霭中朝周敏文走过来，他麻木地抬头一看，张羽站在了他的面前。

洞里，瑶军和瑶民全都躲藏在这里。

盘凤飞一个人坐在一边，只有它它卧在她的身旁，几乎所有的瑶人都用愤怒的眼神望着盘凤飞。

盘石从人群里站起身，朝盘凤飞走过去，挨着盘凤飞坐了下来。

盘石："我阿爸说，张羽说只要我们交出50个人质就

退兵……"

盘凤飞表情木然，答非所问："我阿爸死了……"

洞外。

张羽厉声道："再不答应，那就多弄些火药，将洞给我炸了！"

周敏文惊慌地："张公公，这……这岂不是，要灭了这部落的族群了？"

洞里。

盘凤飞站起身，默默而坚定地道："我去做人质！"说罢，朝洞口走去。

盘点灯和身边的盘钱粮均怔怔地望着盘凤飞走向洞口。

盘点灯突然三步并作两步，走上去，挡在盘凤飞面前。

盘点灯："你这是去寻死。"

盘凤飞："我不去，族人都会死。"

盘点灯："哪怕全部战死，也不能当人质，这是投降，耻辱！"

盘凤飞："阿爸把族人的性命交给了你，把耻辱交给我吧。"

盘点灯咬牙切齿："我是新土司，我不能让汉人这样羞辱瑶人，宁愿死！"

盘凤飞坚定地望着盘点灯："我已经耻辱地开了次寨门，那就让我再耻辱一次。"盘凤飞说这话时，眼里闪过一丝泪花，随即，挡开盘点灯，就往洞口走去。

所有的瑶人都惊呆了。

盘点灯上去拉住盘凤飞，被盘凤飞用力甩开，一直待在旁边的盘石大叫一声："凤飞姐，你要去做了人质，我怎么办呀？"

盘凤飞没有理睬，一步步走向洞口。

洞外，张羽指挥明军搬来了火药。

突然，随着响声，洞口的石门慢慢推开了，张羽和明军都停住了，往洞口望去，只见在飘散的白雾中，盘凤飞从洞口走了出来。

周敏文吃了一惊。

盘凤飞望着张羽："我是土司的女儿盘凤飞，我跟你们去做人质。"

望着美貌无比的盘凤飞，白雾从她身边飘过，更增添了几分神韵，张羽惊呆了。

盘凤飞："给我一点时间，我要回一趟吊脚楼。"

29. 盘凤飞家吊脚楼　晨　内

吊脚楼在雾霭中若隐若现，仿佛一幅神秘而美丽的图画。

吊脚楼里，一面铜镜照着盘凤飞的脸庞，她呆呆地看着自己

的那张脸，双手轻拢云鬓，然后梳头、盘发。

盘凤飞起身，穿上一件崭新的出嫁瑶衣，戴上缀满珠子的瑶帽，配上手铃和脚铃……

盘凤飞再次坐在铜镜前，望着像新娘出嫁般的自己。

少顷，盘凤飞走出吊脚楼，手上和脚上的铃铛发出好听的响声。

盘凤飞缓缓地走下吊脚楼，停下，回头留恋地张望……

30. 瑶寨里　日　外

雾霭散去后的瑶寨，一片湿漉漉的，好似一幅水墨画。

随着铃铛的响声，盘凤飞和几十个人质被明军押解着，往寨门走去。

身着盛装的盘凤飞在人质中异常醒目。

它它汪汪叫着，跟随而去。

阿青也在人质的队伍中。

所有的瑶人都默默地站在那里，用痛恨和不齿的目光望着盘凤飞。

大师公盘钱粮望着渐渐远去的盘凤飞和人质队伍，随手将手中的一副卦具扔了出去。

站在盘钱粮身边的盘石突然撒腿往前狂奔，一边向人质队伍奔去，一边叫道："凤飞姐，等等我，等等我！"

盘点灯大惊，望了眼大师公："盘石他……"

盘钱粮怔怔地望着跑向人质队伍的盘石，张了张嘴，却没说出话来。

盘点灯："他还没度完戒，我去追他回来！"

盘钱粮拉住盘点灯，喃喃道："命数，躲不过的，由他吧……"

31. 大藤峡 日 外

盘凤飞和人质队伍走上藤桥。

盘石追上。

突然，无数的鸟叫声传来，紧跟着，只见丛林中数百只彩鸟扑啦啦往大藤峡飞过来。

盘凤飞站住，仰望着那些彩鸟在大藤峡上空盘旋着飞来飞去，不停地啁啾鸣叫。

跑上藤桥的盘石也猛地站住了。

短暂的惊讶过后，明军催促人质前行。

站在峡谷边的张羽望着那些铺天盖地的彩鸟，吐出一句："砍掉藤桥，叫大藤峡变为断藤峡！"

32. 路上　日　外

狂风呼啸。

人质在路上艰难地行走。

盘石像个护花使者似的紧紧跟在盘凤飞身边。

盘石："凤飞姐，风沙好大啊，你走慢点，我在前面替你挡着。"

话音刚落，嘴里吹满了风沙，盘石呛了一口，猛地咳起来。

盘凤飞："闭嘴，别说话。"

盘石狠狠地将嘴里的风沙吐出，走在前面替盘凤飞遮挡风沙……

33. 路上　黄昏　外

人质和明军原地休息，吃干粮。

盘凤飞一个人孤独地坐在那里，所有的人质跟她拉开距离，坐在另一边。

盘凤飞默默地吃着一块坚硬的干粮，怎么也咬不动，她突然感觉到一双目光朝她射过来，转头往人质里看去，是阿青的一双目光。

阿青瞪了盘凤飞一眼，不屑地将头转过去。

盘石捧着一只不知从哪里弄来的残破瓦罐，兴奋地跑到盘凤飞身边。

盘石："凤飞姐，我弄了点水过来，给你。"

盘凤飞感激地望了一眼盘石。

另一边，张羽与周敏文吃着热乎乎的馒头。

张羽："到了京城，我一定禀奏皇上，封你为靖瑶大将军。"

周敏文将一个热馒头塞进衣兜，一边道："我……我能面见圣上吗？"

张羽："那就看你的运气了。"

另一边，盘石靠着盘凤飞小声问："凤飞姐，你说我们到京城，能见到皇上吗？"

盘凤飞摇摇头："我也不知道。"

盘石声音更低却带着杀气："要是能见到皇上，我要杀掉他！"

盘凤飞怔怔地望着盘石。

盘石："我要成为真正的男人，我要成为瑶人的大英雄。"

盘凤飞："我也想杀了他。"

盘石望着盘凤飞，乐了："凤飞姐，真的吗？"

盘凤飞："要不是皇上派兵，周敏文使坏，我阿爸就不会死，我也不会做人质。"

盘石："凤飞姐，那我们一定要想办法见到他，你不要动手，让我来杀。"

就在这时，周敏文走了过来。

周敏文掏出一个还冒着热气的馒头，老远就冲盘凤飞道："凤飞，我给你留了个馒头，快趁热把它吃了。"

周敏文走过来，不由分说地将那个冒着热气的馒头塞给盘凤飞。

盘石瞪了一眼周敏文。

盘凤飞叫了声它它，它它蹿了上来。

盘凤飞顺手将馒头扔给它它。

周敏文一惊："凤飞，你……"

盘石揶揄地撇了撇嘴："我凤飞姐不稀罕！"

盘凤飞咬了一口坚硬的干粮，拿来旁边破瓦罐，就着冷水将坚硬的干粮吞下……

34. 路上、京城　日　外

人质在路上继续行走……

淡入，叠化出京城。

盘石拉着盘凤飞兴奋地叫道："凤飞姐，看，好大的院子！"

盘凤飞往京城方向眺望。

一个明军凶狠地推了推盘石："什么院子？那是皇城！快走！"

35. 京城掖庭牢房　黄昏　外

牢房的窗边，一双怪异的眼睛紧张好奇地往外张望。

只见牢窗外，随着几声吆喝，盘凤飞和盘石等一干人质被明军押进掖庭。

一明军："那边，男监！女的，往这边走！"

盘凤飞随女人质朝女牢走去。

张羽走过来："盘凤飞，那边！"

被两个军官押往另一边的盘凤飞回头望了望阿青和女人质们，眼神中流露出一丝不舍和愧疚。

它它紧紧跟上。

阿青和其余的女人质均用不屑的目光望着盘凤飞。

一个女人质冲盘凤飞呸了一声："害人精！"

另一女人质："把我们害成这样！不能饶了她！"

两个女人质的愤怒，一下点燃了所有女人质的怒火，纷纷嚷道："对！不能饶了她！"

女人质们一拥而上，扑向盘凤飞，将盘凤飞一把推倒在地。

它它朝女人质们汪汪大叫起来，试图保护盘凤飞。

窗边的那双眼睛本能地往后躲闪了一下。

正走到男监旁的盘石听见喧闹声，回头一看，愣了愣，撒腿便不要命地朝盘凤飞奔过去。

盘石将盘凤飞一把挡在身后，涨红着一双眼瞪着女人质们："干什么？你们想干什么？"

所有的女人质一下都惊住了，望着盘石。

盘石突然紧握双拳，一边朝自己没头没脑地一顿猛打，一边吼道："打我吧，你们打我吧！"

几个明军疾步走过来。

一明军喝道："闹什么闹？到了皇城还耍横！"

窗户边的那双眼睛，怔怔地望着这一幕，他的目光紧紧盯在被族人羞辱的盘凤飞和蹿上来保护盘凤飞的盘石身上。

窗外，盘凤飞什么也没发生似的从地上站起来，盘石急忙想上前搀扶。盘凤飞感激地冲盘石笑了笑，抖了抖身上的灰尘，便从容地向另一个牢房走去，身上的手铃、脚铃发出一阵又一阵脆响。

窗边的那双眼睛紧紧盯着盘凤飞的手铃和脚铃，耳边仿佛响起小孩子的嬉戏声和铃铛声……

这时，奇怪的现象发生了，不知从哪里飞过来一群蝴蝶，跟随着盘凤飞，有的飞在她的头上，有的落在她的衣服上。

窗边的那双眼睛更加惊奇。

站在那里的盘石目光紧紧跟随着盘凤飞，他突然看见了一个怪人的目光也在紧紧盯着盘凤飞。

36. 京城掖庭牢房　黄昏　内

这时我们看见一个相貌怪异、衣着褴褛、二十开外的人站在窗边，这个怪人被关的牢间开了好几扇窗户，可以从不同的角度清楚地看见四周的一切。

怪人出神地望着走进牢房的盘凤飞和跟着她的那群蝴蝶。

盘凤飞望着那些跟进来的蝴蝶又惊又喜，她伸出手，一只蝴蝶落在她的手心，望着那只颤动着翅膀的彩蝶，盘凤飞鼻子一酸，眼睛红了。

盘凤飞生怕惊扰了手上的那只彩蝶，将手轻轻往窗外移去，让那只彩蝶飞出牢窗。

对面的怪人望着盘凤飞一双红红的眼睛，似有所动。

盘凤飞的视线紧紧跟随着那只飞出牢窗的彩蝶，只见那只彩蝶朝对面的牢窗飞去。她这才发现，与她相距咫尺的对面牢窗，一个相貌怪异的人正紧紧地盯着她。

盘凤飞冲怪人微微一笑。

怪人盯着盘凤飞身上奇异的瑶服："你笑起来真……真好看。"

盘凤飞没有说话，只是好奇地望着怪人。

怪人又盯着盘凤飞手上的铃铛："我小时候，也有一个……一个铃铛，跟你的不……不一样。"

盘凤飞举起腕上的手铃，摇晃一下，手铃发出好听的响声。

盘凤飞："也有这么响吗？"

怪人兴奋起来："就……就是这样响的，就是这样响的！"

盘凤飞见怪人兴奋的模样，又抬了抬脚，脚铃也响了起来。

盘凤飞："好听吗？"

怪人像小孩似的拍手笑道："好听，好听！"

盘凤飞摘下左手上的铃铛递给对面的怪人，怪人更为惊喜，伸手想去接住铃铛。突然，手像被什么烙了一下，猛地缩了回来，惊恐地望着盘凤飞。

盘凤飞诧异地问："你，不喜欢吗？"

怪人没有回答，惊恐的目光一动不动地注视着盘凤飞左手上的一条伤痕。

盘凤飞望了一眼自己左手上的那条旧伤，一边把手铃重新戴好一边略带惆怅地道："明军攻打瑶寨时留下的。"

怪人："女……女人也参战……战吗？"

盘凤飞也是答非所问："你为什么被抓进来？"

怪人怔了一下，木然地望着盘凤飞，耳边突然响起惨烈的杀戮声、冷兵器的碰撞声、战马的嘶鸣声……

怪人无声地流下两行泪水，蹲下了身子。

37. 皇宫路上　黄昏　外

几个宫女簇拥着坐在轿子里的万贵妃匆匆走在宫廷里的路上……

38. 京城掖庭牢房　日　内外

怪人双手紧紧抓住牢窗，泪流满面地望着盘凤飞。

怪人："我想，我想……"

盘凤飞怜惜："想家了吗？"

怪人："想家……天天想家……"

盘凤飞："你家在哪里？"

怪人："我家……家就在这里。"

盘凤飞："你把这里当家了吗？"

怪人想了想，点点头："做了人质，回不去了。"

盘凤飞略显惆怅："我也回不去了……"

怪人："你家离这里远吗？你也想家吗？"

盘凤飞："很远，很远……"

怪人突然一阵激动，伸过手去就将盘凤飞的手紧紧抓住。

盘凤飞惊了一下，望着怪人。

怪人拉住盘凤飞的手，指着自己张开的嘴："我，我……"

盘凤飞："你饿了吗？"

怪人只是指着嘴巴，不吭声了。

盘凤飞想了想，抽回被怪人抓住的手，从怀里摸出半块干粮："路上吃剩的，要是不嫌弃，将就着填填肚子吧！"

怪人一把抓过盘凤飞递过来的半块干粮，看了看，塞进嘴里咬了一口，慢慢嚼着，嚼着嚼着，怪人突然又抽泣起来。

盘凤飞有些惊慌："你……你怎么又哭了？"

怪人边抽泣边莫名其妙地答道："异族，是异族，他们囚禁我快一年了，星河暗淡，北风呼啸……"

盘凤飞同情地："你在这里快一年了？"

怪人："不给吃的，还天天想杀我！"

盘凤飞盯着怪人咬牙道："那你就想办法把他杀掉！"

怪人停止哭泣，惊讶地望着盘凤飞。

盘凤飞突然觉得自己不该说这些，转开了话题："你肚子饿，快把干粮吃了吧。"

怪人："我不饿……跟你说话，我一点也不口吃了。"

正在此时，门被打开了，几个侍卫模样的人站在怪人牢门外，怪人望了一眼牢门外的侍卫，神情突然暗淡下来："我该走了。"

盘凤飞大惊失色："他们……他们要杀你吗？"

怪人望着盘凤飞："我会记住你那半块干粮的。"

盘凤飞眼眶一下红了。

怪人正想说什么，突然外面传来张羽的叫声："贵妃娘娘到！"

怪人望了望盘凤飞，转身向牢房外走去。

盘凤飞冲着怪人背影大叫道："你还没告诉我，你家里有什么人？"

怪人没有回头，答道："你会知道的！"

39．京城掖庭外　黄昏　外

万贵妃快步迎向走出来的怪人，跪伏。

怪人奔过去，像受了委屈的小孩一把抱住万贵妃。

万贵妃也像哄小孩似的轻轻拍打怪人："父皇的事早就过去了，别老惦着，啊？"

成化又口吃起来："当……当年，父皇被异……异族掳走，朕才三……三岁，吓得朕从此落……落下个口……口吃之症。"

万贵妃："臣妾想起这些，也常常心如刀割……"

张羽手捧一件龙袍恭立旁边。

万贵妃："还不快快给皇上更衣！"

张羽上前就要给成化披上龙袍，成化任性地抓过龙袍扔在地上。

成化："不穿不穿，朕现在就像……像当年父……父皇一样，是个人质。"

牢窗边的盘凤飞吃惊地望着那一幕。

男监的牢窗边，盘石和几个男人质也看到了这奇怪的一幕。

盘石死死地瞪着一双眼望着成化："他就是皇上？"

掖庭外。

万贵妃："请皇上更衣。"

成化继续耍着小孩子脾气："不更不更！"

万贵妃厉声喝道："皇上更衣！"

听万贵妃这么一说，成化一下乖乖地站在那里，不敢吭声了。

张羽趁机将龙袍披在成化身上。

成化只好更衣，突然想起了什么，转头往盘凤飞的牢窗望去。

牢窗边，盘凤飞冷冷地望着成化，喃喃自语："骗我，都骗我……"

成化穿上龙袍，系好腰带，拉好衣领。

一个衣衫褴褛的人质立马变成了一个年轻的皇上出现在众人的眼前。

牢窗边，盘凤飞突然冲成化大声叫道："你骗了我半块干粮，还给我！"

成化冲盘凤飞笑了笑："朕岂止还你半块干粮！传旨，将这个瑶女充为内藏，朕还她锦绣罗衣，满席珍馐！"

成化说罢，在众人的簇拥下，往前走去。

盘凤飞盯着成化的背影，情绪平静下来，冲成化叫道："我要它它跟着我！"

成化没有回头，只大声回道："准！"

男牢窗边，望着渐渐远去的成化，盘石激动地用力摇晃牢窗："我要出去！我要出去！"

几个侍卫冲进牢监，劈头盖脑，将手中的兵器朝盘石砸去，狠狠地喝道："放老实点！"

盘石不管不顾紧紧抓住牢窗，一双冒火的目光望向成化消失的地方。

关押盘凤飞的女监被打开了，它它箭一般地蹿了出去。

张羽站在门边，躲闪了一下，然后冲里面的盘凤飞道："请吧！"

盘凤飞不紧不慢地走出牢房，张羽紧随其后。

盘凤飞走到男监的甬道边停住了，她看见盘石双手紧紧抓住牢窗，正朝她望过来。

盘凤飞意味深长地望了望盘石，转身朝掖庭外走去。

40. 京城掖庭牢房　日　外

张羽匆匆朝掖庭的牢房走去，旁边跟着一个太监。

张羽："昨儿个，那个人质是咋死的？"

太监："小的不知，只听说拉肚子拉死了。"

这时，只听得牢窗边有人急促的叫唤声："张公公，张公公！"

张羽望过去，门窗边露出盘石的一张脸。

张羽："小瑶人？"

盘石："张公公，求你一件事。"

张羽："哦？"

盘石："我想跟你一样，进宫去服侍皇上。"

张羽略微有点惊讶，左右打量着盘石那张稚嫩的脸。

盘石一脸天真："行不行？我什么都能做！"

41. 京城掖庭牢房　夜　内外

张羽又走到牢窗边。

张羽："真想进宫吗？"

牢窗边的盘石点点头。

张羽露出一丝怪笑。

盘石望着张羽。

张羽睁着一双骇人的眼："你他妈的想损我？"

盘石不明其意："我损你？"

张羽猛地掏出一把刀，抵住盘石的脖子："你敢羞辱我，老子杀死你！"

盘石惊得往后一退，躲开张羽的刀："张公公，我哪能羞辱你，我……我只想进宫，只想见到我凤飞姐姐。"

张羽望着盘石，倒吸了一口凉气。

少顷，当的一声，张羽手中那把刀落在盘石的脚下。

张羽阴森森地："自己看着办吧！"

盘石捏住那把刀，目光却惊恐地看着，黑暗中那把刀泛着冷冷的寒光。

盘石的内心独白："进不了宫，就见不到皇上，见不到皇上就没机会杀他，杀不了皇上就成不了大英雄……"

那把刀在黑暗中泛着寒光，盘石的目光由惊恐变为痛苦。

盘石的内心独白："可是我要割了自己，就永远度不了戒，度不了戒，我就不是个男人了……"

盘石躺在地上，辗转反侧。

远处，传来打更声。

盘石猛地坐起，抓过身边的那把刀，少时，又把刀放下了，痛苦地抱着头。

盘石的内心独白："我想凤飞姐姐，我要见她，我要跟她一起想办法杀皇上。"

月光照进来，照着盘石的身影，他的身子不停地颤抖着。

打更声又隐隐传来。

42. 宫廷里　日　内

张羽匆匆走着，迎面一个太监上气不接下气地跑过来。

太监："张……张公公，小……小瑶人自宫啦！"

张羽大惊。

43. 京城郊野破庙里　夜　内外

冯祖辉叫着："来啦来啦。"一边朝庙门走去，一边嘀咕："一座冷庙，也不得安宁。"

冯祖辉拉开庙门，一阵风迎面吹来，他差点打了个趔趄。

门边，露出张羽的一张脸。

冯祖辉："张公公？"

庙外。

张羽匆匆引冯祖辉走到一辆马车旁。

张羽："我见他年龄小，逗逗他，哪知还当了真啦！"

一太监提过灯笼照着躺在马车上的盘石。

马车上的盘石下身全是血迹，人早已昏死过去。

冯祖辉："怎么拖到我这庙里来了？"

张羽："他也是个瑶人……"

冯祖辉望了一眼张羽，俯身察看。

张羽："先生的瑶药，早两年可是救了本公公的一条命……"

冯祖辉叹口气："拖进去吧。"

44. 京城皇宫内藏　日　内

盘凤飞在安静地收拾内藏。

突然，一个奇怪的箱子引起了她的注意，那口箱子与内藏所有的箱子形状都不一样，尤其是箱子上挂的一把锁，又大又怪。

盘凤飞掏出钥匙将锁打开一看，里面是只小铃铛。

外面，一个太监端着放有几套宫女服的木盘走向内藏。

45. 京城郊野破庙里　日　内

盘石躺在一张破床上，仿佛处于癫狂状态，拳打脚踢，乱喊乱叫："杀死他，杀死他！"

旁边的冯祖辉拼命拉扯盘石，被盘石踢翻在地。

冯祖辉怔怔地望着盘石。

盘石又嘶叫一声，便直挺挺地躺在床上不动了。

冯祖辉愣了一下，伸手摸摸盘石的鼻孔。

46. 京城皇宫内藏　日　内

太监手托木盘站在门口："请内藏史更衣！"

仍在清理内藏物品的盘凤飞没有搭理，拉开一个抽屉，又被里面的一件肚兜和几件儿童衣裤吸引了。

盘凤飞好奇地将那件肚兜拿了出来，仔细看着。

47. 京城郊野破庙里　日　内

冯祖辉拉开几个药箱，从里面抓出一些药来。

48. 京城郊野破庙里　日　内

冯祖辉用一根筷子撬开盘石紧咬着的牙关，将熬好的汤药往盘石嘴里喂去。不料，药水全从嘴里流了出来。

冯祖辉再去撬盘石的嘴，却怎么也撬不开了。

冯祖辉哭丧着脸："这灌不进药，就是神仙也没用啊！"说罢，冯祖辉猛地一惊，"神仙？有了！"

49. 京城皇宫殿内　日　内

成化坐在龙椅上打盹儿。

梦境中，一只彩鸟朝他飞过来。

盘石蹑手蹑脚走进宫殿。

盘石快步走到龙椅边，突然挥出手中的一条布条，将正在打盹儿的成化脖子紧紧套住。

成化醒来，拼命挣扎。

响声惊动了内侍。

盘石放下成化奔逃，眼看就要被内侍追上，盘石突然变成一只红色的小鸟往天空飞去。

内侍们拿着弓弩朝小鸟射去。

不料天空中突然飞满了无数的小红鸟，不知哪一只是盘石。

嗖的一声，一支箭飞了出去。

一只红鸟飞落而下，红羽飘飞……

50. 京城郊野破庙里　日　内

盘石"啊"地叫了一声，睁开眼，发现自己躺在一张床上，旁边是冯祖辉一张慈祥的笑脸。

冯祖辉："醒了？"

盘石四处张望，不知身在何处。

冯祖辉（瑶语）："你昏死过去十多天了。"

盘石一听瑶语，惊了一下，下意识地用手摸了摸裤裆，眼圈慢慢红了。

盘石哭了起来（瑶语）："我度不了戒了，再也成不了一个男人了。"

冯祖辉（瑶语）："你自己弄没的，哭什么啊？会影响伤口的。"

盘石（瑶语）："人家蛋蛋都没了，还不准人家哭，呜呜呜……"

冯祖辉（瑶语）："好好，那你就哭吧，我可不管你了。"说罢，起身就要离开。

盘石（瑶语）："你回来！"

冯祖辉站住了。

盘石（瑶语）："你告诉我，要是我成了英雄，是不是能成为一个真正的男人？"

冯祖辉（瑶语）："那当然，英雄是男人中的男人。"

盘石急迫地（瑶语）："那是不是就不要度戒了？"

冯祖辉（瑶语）："要是成为英雄，那也是一种度戒。"

盘石（瑶语）："那我现在……还能成为一个英雄吗？"

冯祖辉（瑶语）："一个男人，哪怕他什么都没了，只要他还有勇气，还有信仰，那就能成！"

51. 京城郊野破庙外　日　外

冯祖辉将盘石搀扶到庙外一棵老树下。

盘石看见树杈上挂着一个大药包，药包上写着他的名字。

盘石一阵激动："这是我们瑶人的寄治法，病得严重，吃不进药，就让老树替他喝，我阿爸也会。"

冯祖辉："要不是这种神仙疗法，你早就没命了。"

盘石望着老树，眼前突然出现瑶山无数的老树，他似乎看见父亲盘钱粮在树林里奔跑，一边大声叫着："盘石、盘石……"

盘石猛地上前，双手紧紧将那棵老树抱住，扑通一声跪在树下。

盘石："树啊，受我盘石一拜。"

张羽走过来。

冯祖辉："张公公来了？"

张羽点点头，走到盘石身边："盘石，以后你就是皇上的奴才了，要拜，得拜皇上。"

正在跪拜的盘石愣了一下，慢慢转过头去望着张羽。

52. 大藤峡山洞　日　内外

盘点灯在洞外跳着长鼓舞，一板一眼，极有节奏。

一瑶人从洞内走出，上前向盘点灯禀告："大师公通灵，朝廷加封周敏文为靖瑶大将军，扬言要活捉瑶首！"

盘点灯一个漂亮的反转动作，望了望那个从洞里出来的瑶人，略一停顿，继续舞蹈。

洞内，盘钱粮正在进行神奇的通灵，他装扮成狗的模样在洞内来回飞奔，仿佛穿越时空隧道。

无数蝙蝠围着大师公黑压压地飞翔……

洞外，那瑶人又奔向盘点灯。

那瑶人："大师公说，盘凤飞进了皇宫……"

盘点灯敲击长鼓的手猛地收回，一个跨步，大吼一声，双手

更用力地敲击长鼓。

盘点灯的手一声重似一声地敲击。

大师公惊慌地从洞里奔出。

盘钱粮："盘……盘石真的变成了一只小鸟，飞了！"

盘点灯："他不是跟着人质进京了吗？"

盘钱粮失神地："人在京城，可他男人的魂变成了小鸟，我看见他在京城的上空不停地飞。"

盘点灯不语。

盘钱粮："我得想法子把他的魂，找回来……"说罢，踉跄着步子向前去。

53. 瑶寨　日　外

盘钱粮在狂风中奔跑。

狂风中，是盘钱粮呼喊盘石的苍凉的声音。

披头散发的盘钱粮将手中的一副卦具掷在一棵树下，那卦具恰似一根阳具。

盘钱粮圆睁着眼似乎不敢去看，但还是忍不住颤抖着手一把拿过卦具，紧紧握着，仿佛紧紧握着盘石的命根子。

盘钱粮双眼慢慢滚落两行老泪。

狂风中，盘钱粮一边继续奔跑，一边将手中的卦具抛向天空，然后又拾起，又抛向天空。

盘钱粮招魂似的呼喊："让男人的精魂回到盘石身上吧，回到盘石身上吧……"

54. 京城皇宫一间内室　日　内

盘石脱下简朴的瑶服，穿上张羽递过来的太监服。

盘石："张公公，我凤飞姐姐在哪里呢？"

张羽没有回答盘石的话，拉了拉盘石的衣领："这不是瑶服，记住了，要穿成这样。"

盘石心不在焉："我想见凤飞姐。"

张羽按了按盘石的头："这是皇宫，你以为还是你们瑶寨吗？"

盘石将一身太监衣服穿好，张羽上下打量着盘石。

盘石又问："那内藏在哪里？"

张羽狠狠地瞪了盘石一眼："关你屁事，你一个小奴才，先学会刷马桶去！"说罢，转身离开。

盘石追上："哎哎，你还没告诉我内藏在哪里呢！"

张羽转身就是一脚，将盘石踢翻在地。

张羽："让本公公先教教你规矩！"

55. 京城皇宫　日　外

院内，一身太监装扮的盘石一边刷着马桶，一边不时东张西望。

56. 京城皇宫太监住处　夜　内

盘石悄悄爬起来，看了看睡在身边的几个太监，见没有什么响动，盘石轻轻拉开门，溜了出去。

57. 京城皇宫僻静处　夜　外

盘石东藏西躲，像个夜猫子似的走在僻静处，突然撞到一个守夜的太监身上，太监吓了一跳。

盘石拉过太监，小声问道："知不知道内藏在哪里？"

那太监惊讶地："你……你深更半夜的，打听内藏？"

盘石慌忙解释："我姐姐在那边，我想去看她。"

太监摇摇头，生怕惹祸似的慌忙离开。

盘石走在另一个僻静处，突然听见远处传来狗吠声，盘石一阵惊喜，抬头一看，前面被一堵内墙挡住了去路。他正要寻找墙门，一只手猛地把他抓住，是一个巡夜的内侍。

内侍凶狠地喝道："哪个宫里的太监？大半夜的，瞎溜达什么？"

盘石一见是内侍，有些紧张："我新来的，睡不着，出来遛遛。"

内侍："还不快滚！"

盘石慌忙离开。

远处，仿佛又传来狗叫声。

盘石回过头，只见到内侍黑塔一般站在那里，只好失望地奔逃而去。

58. 京城皇宫　日　外

盘石飞快地刷着马桶，动作已经相当熟练。

59. 京城皇宫内寝　夜　内

成化和衣躺在床上。

梦境中，成化耳边不时响起金戈铁马声和厮杀声。

成化迷迷糊糊坐起身，眼前一片迷蒙，他掀开帐幔，悄无声息地走了出去。

张羽悄悄地跟在后面。

梦游中的成化走出宫殿。

宫殿门口，张羽向内侍头儿压低声音道："又来了。快点吧。"

张羽与十几个内侍悄悄跟在成化身后。

张羽把声音压得更低："千万别惊扰了皇上。"

60. 京城皇宫僻静处　夜　外

盘石似乎有了些经验，在夜色中贴墙行走，以避开巡夜内侍的身影。

61. 京城皇宫　夜　外

成化两眼直直地走在宫廷里，张羽和十几个内侍依然悄无声息地远远跟在成化身后。

成化朝内藏方向走去。

梦境中，成化的耳边不时响起铃铛声。

成化走到内藏附近的一座拱桥。

突然，不远处传来狗叫声，成化怔怔地站住了。

正猫在不远处的盘石猛地看见站在拱桥上的成化，惊讶地瞪大一双眼。

狗叫声越来越凶，仿佛朝成化扑过来。

成化惊叫一声，转头就跑，一边大叫："他们要杀朕！他们要杀朕！"

盘石惊醒过来，朝成化猛追过去。

张羽和十几个内侍听到皇上的呼喊声，急忙朝湖边奔去。

惊恐不已的成化沿湖边跑着，猛不丁掉进了湖里。

成化大叫："救命啊，救命啊！"

追过来的盘石咚的一声跳进湖里，想去掐成化的脖子，被在水里不停挣扎的成化踢开，两人在水里不停地扑腾。

正在盘石掐住成化脖子的瞬间，张羽和十几个内侍一边叫着，一边一拥而上，手忙脚乱地将成化和盘石同时从水里拉了上来。

成化瞪着一双惊恐不定的眼神："刚……刚才，谁……谁在湖里救了朕？"

张羽他们这才一齐望向浑身湿漉漉的盘石。

张羽："你怎么在这里？"

盘石："我，我来找我姐姐。"

张羽："狗奴才！没教过你规矩吗？回去慢慢收拾你！"

成化惊魂未定地望着盘石："是……是你救了朕吗？"

盘石慌忙跪下："奴才死罪！"

张羽惊了一下，疑惑地望着盘石。

成化："救驾有功，何……何罪之有？想见姐姐，朕……朕准了！"

62. 京城皇宫内藏　日　内外

嘶的一声，嘶的又一声，盘凤飞用力将宫女服撕成一条又一条，然后将撕好的布条打成结，用力地拉了拉。

突然，传来急促的敲门声，盘凤飞慌忙将那些布条塞进抽屉。

门外，盘石一边敲门一边兴奋地叫道："凤飞姐，是我。凤飞姐，快开门。"

门吱呀一声拉开了。

盘石看见门边的盘凤飞一脸兴奋："凤飞姐，可见着你了！"

盘凤飞一眼就看见了盘石身上的太监服，吃惊之余，就猛地明白了什么，张了张嘴，想说什么却说不出来，泪水一下涌了出来。

皇宫的上空，沉闷的钟声响过……

内藏里，盘凤飞拉开藏有布条的抽屉。

盘石："姐姐的意思是勒死他？"

盘凤飞："只要能套住他。"

盘石："姐姐只要勒住他，就千万千万不要松手！"

盘凤飞："我会死死地拉紧！"

盘石："不管他怎么挣扎叫喊，都不要松手！"

盘凤飞用力地点点头，沉思道："姐就是不知道他会不会来。"

盘石一听，也沉思起来。

突然，盘凤飞眼前闪过在掖庭牢房里成化与她谈起铃铛的情形。

盘凤飞想了想，将左手上的铃铛摘下，递给盘石。

盘石疑惑地："铃铛？"

63. 京城皇宫御花园　日　外

成化与一群太监、宫女在捉迷藏。

张羽在一边候着。

成化眼睛蒙着一块黄布，四处乱抓，被抓的太监、宫女嬉笑着躲得远远的，另几个故意逗着成化乱转，他怎么抓也抓不着。

成化抓着抓着，耳边突然传来另一种嬉笑声，那是他童年玩耍的嬉戏声，其中夹杂着清脆的铃铛声。

成化猛地站住了，一把将眼上的黄布扯开，狠狠地甩在地上，恼怒地道："没铃铛，真……真无趣！都给我滚！"

见成化突然发怒，陪玩的太监和宫女慌忙退下，张羽急忙上前。

这时，真有铃铛声传了过来。

成化一惊，顺着铃铛声望去，只见远处盘石小跑着奔到张羽身边。

张羽："皇上，该回宫了。"

成化没有搭理，一双眼睛紧紧盯着盘石挂在腰间的铃铛。

成化：“哪……哪里来的铃铛？”

盘石立马答道：“姐姐给我的。”

成化：“你姐姐好……好吗？”

盘石：“回皇上，姐姐不好。姐姐说，皇上忘了那半块干粮了。”

成化哈哈笑了起来：“朕岂能忘了那半……半块干粮，走！到内藏看看去！”

盘石窃喜，转身就要往前引路。

张羽望了望盘石怪怪的表情，忙冲成化道：“皇上，奴才以为那地方不吉，去不得。”

成化：“有何不……不吉？盘石，引路！”

盘石望了一眼张羽，转身迈着小步往花园外走去。

64. 京城皇宫御花园外　日　外

盘石走出御花园，突然呆住了，前面站着万贵妃。

紧跟盘石身后的成化也一眼瞅见了站在那里的万贵妃，愣住了。

万贵妃用不容置疑的语气道：“皇上该回宫了。”

成化望了望万贵妃，一脸沮丧：“那朕……朕就回宫吧。”

盘石张了张嘴，想说什么却不敢说出来，一脸的失落。

65. 京城皇宫内藏　日　内

盘凤飞拉开抽屉，拿出扎紧的布条，用力地扯了扯。

盘石趴在桌上，忽闪着一双眼睛望着盘凤飞。

盘石问："姐姐，还有没有其他的法子？"

盘凤飞也着急地："我一时也想不出来。"

盘石着急地："姐，想不出来也得想啊。"

盘凤飞沉默了，将布条放回抽屉，轻轻关上。

突然盘石眼前一亮："姐姐，我有办法了。"

盘凤飞望着盘石。

盘石："我用蝴蝶把他引过来，告诉他，内藏这几天有好多好多的蝴蝶飞过来，可好看了。皇上贪玩，他准会来。"

盘凤飞摇摇头。

盘石："姐，行不行啊？"

盘凤飞深思熟虑地："姐这几天想了一个法子……"

盘凤飞凑近盘石，在他耳边悄悄地说了几句什么。

盘石惊讶地睁大眼。

盘凤飞："姐想好了。盘石弟弟，千万记住藏《过山榜》的地方，万一姐回不来，你死也要保护好。"

66. 皇宫内藏　日　外

盘凤飞将撕破的宫女服碎布堆在内藏外，朝四周望了望，远远地看见两个太监朝这边走过来。盘凤飞点火焚烧碎布。

两个太监急忙朝内藏奔过去。其中一个正是给盘凤飞送宫女服的太监。

一太监："皇宫里，能随便点火吗？还不快灭了！"

盘凤飞只顾烧着，没有搭理。

那个送宫女服的太监这才看清盘凤飞烧的正是他送来的那套宫女服。

那太监冲另一太监道："还不快告诉张公公去！"

67. 通往皇宫内藏的路上　日　外

张羽带着几个宫女急匆匆地朝内藏走去，那个报信的太监和盘石走在张羽两边。

紧随其后的一个宫女手托木盘，木盘上放着一套崭新的宫女服。

68. 皇宫内藏外　日　外

张羽望着地上那堆快要烧尽的宫女服。

盘凤飞还蹲在那里，将最后两条碎布扔进火堆里。

张羽不动声色，声音中带着威严："请内藏史进屋更衣！"

盘凤飞没有搭理。

张羽朝身边的几个宫女使了个眼色，几个宫女一拥而上，扭住盘凤飞，往内藏推去。

盘凤飞一边挣扎，一边递了个眼色给盘石，大声叫道："就是皇上叫我更衣，我也不更！"

盘石会意，趁机悄悄溜走。

几个宫女强行将盘凤飞推进内藏，手托木盘的宫女也跟了进去。

随着盘凤飞的叫喊声，内藏里传来箱子倒地的声音，东西摔在地上的声音，张羽大惊。

一宫女慌忙出来，一脸惊慌地禀告张羽："内藏史，内藏史把东西全都打翻了！"

张羽和身边的两个太监正要奔进内藏，突听身后传来盘石的声音："皇上驾到！"

张羽和两个太监急忙跪下。

张羽："禀皇上，内藏史把宫女服给烧了，奴才让宫女送了一件新的，她不更，还闹腾起来了！"

成化什么也没说，推门走进内藏，只见盘凤飞一边推搡着几

个宫女，一边不停地摔着东西。

几个宫女一见成化进来，连忙松开盘凤飞，齐刷刷地跪在地上。

盘凤飞顺势将手里的东西一扔，没有看成化，径直往那个藏有布条的木箱走去，一屁股坐在旁边的木箱上。

跟在成化身后的张羽朝跪在地上的宫女使了个眼色，几个宫女退了出去。

成化望着遍地狼藉，气得说不出话来。

成化猛地看见散落在地上的那件小人衣和肚兜，慌忙奔过去，蹲在地上，将小人衣和肚兜一把抓在手上，心疼至极地道："这……这是朕五岁时穿的，你……你也敢给朕甩了！"

盘凤飞还是没有理睬成化，独自坐在木箱上，一只手悄悄地按在那个藏有布条的木箱上。

成化又看见了不远处的小铃铛，眼睛一下直了，耳边又响起童年时的嬉笑声和铃铛声。

成化几乎是爬过去，一把将小铃铛拽在手上，急不可耐地在耳边摇了摇，铃铛发出清脆的响声。

听到铃铛声，盘凤飞转过头，只见成化一边轻轻摇晃铃铛，一边喃喃自语："还响，它还响着……"然后，成化像抱着一个无价之宝似的将铃铛紧紧搂在怀里。

盘凤飞有些呆了，她没有想到成化会如此看重那个小铃铛，略略为之一动。

成化猛地转过头，睁着一双可怕的眼睛望着盘凤飞，声音几近咆哮："你五岁在哪儿？你五岁在哪儿？"

盘凤飞："我五岁在瑶寨，跟在阿爸阿妈的身边。"

成化："可朕五岁，只有我一个人！只有这个铃铛陪伴着朕！"

盘凤飞："我五岁，是你们的刀枪陪着！你不是想知道我手上的伤怎么来的吗？是你们攻打瑶寨时留下的！"

成化望着盘凤飞左手上的伤痕，不说话了。

盘凤飞停顿片刻："为什么攻打我们？"

成化一听，没回过神来，一下像傻子似的蒙了。

少顷，成化仿佛沉浸在过往的回忆中，自言自语："为什么攻打我们？"

盘凤飞先是缓缓地道："不但攻打我们，还把我们囚禁在这里……"突然提高嗓门，"不就仗着你是皇上吗？"

成化愣了愣，望着盘凤飞："朕……朕初见你时可不是皇上。若不是念着那半块干粮之恩，朕能容你这么胡闹吗？"

盘凤飞："你要不是皇上，那才好。"

成化眼神变得有些温柔："见到你，我宁愿不是皇上。"

盘凤飞慢慢地转过头，望着成化，四目久久对视。

旁边的张羽朝盘石使个眼色，悄悄退下。

张羽走到门边，轻轻将门拉上，往前走去。

盘石站在门口不动，张羽见盘石没跟上来，转身拉过盘石："别坏了皇上的好事，离远点！"

盘石还是不动，瞪着眼望着张羽。

内藏里，成化出神而开心地摇着铃铛，模样变得像小孩般天真。

成化："听！朕的铃铛声是不是跟你的一样？摇摇你的手铃给朕听听。"

盘凤飞望着成化专注地摇着铃铛，一边摇摇自己的手铃，一边用另一只手拉开旁边的抽屉，有些颤抖地拉出事先准备好的布条。

盘凤飞一边摇着手铃，一边悄悄朝成化走过去。

成化沉浸在铃铛声中，兴奋地叫道："一样的！是一样的！"

突然，一条布条朝他飞过来。

成化还没来得及反应，就被那布条勒住了脖子。

盘凤飞紧紧抓住布条，一边猛勒一边叫道："杀死你，我要杀死你！"

它它坐在楼梯上，张眼瞪着那一幕。

成化脸红脖子粗，双手抓住布条，有些接不上气："你……你要杀朕……"

外面，盘石与张羽也扭打在一起。

盘石："你敢踢我，我掐死你，掐死你！"

盘石掐住张羽的脖子，张羽掰开盘石的手，两人滚打在一起。

里面，盘凤飞紧紧拉着布条。

成化双手用力想回拉布条，两人像拔河一般，进进退退。

盘凤飞收紧，再收紧，她额上冒出了汗珠。

成化回拉，再回拉，他的眼珠越来越鼓。

盘凤飞眼看就要死死勒紧布条，谁知刺溜的一声，布条接口处脱了，两人各自朝后踉跄了一下，同时倒在地上。

它它大叫。

外面，张羽与盘石也打得上气不接下气，听见它它的叫声，两人几乎同时停住。

里面，成化躺在地上，喘着粗气。

盘凤飞也躺在地上喘着气。

它它围着成化和盘凤飞，不时地嗅嗅两人。

突然，成化像小孩一样张嘴大声哭起来，他的哭声显得那样悲怆，那样痛苦不堪，仿佛一个受了重伤的小动物发出的哀叫声。

盘凤飞从来没听过这种哭声，吓住了，怔怔地望着成化。

成化边哭边说："都想害我，都想杀我……"

盘凤飞："还……还有人要杀你？"

成化："整个宫里，都想杀我……"

盘凤飞："那么多人想杀你，你怎么还没死？"

成化一边哭着，一边歇斯底里地怒吼："朕不会死，朕是真龙天子，朕有贞儿护着！"

盘凤飞："贞儿？"

成化边哭边瞪着一双惊恐的眼："贞儿在哪儿？贞儿在哪儿？"

停了一会儿，成化又伤心地大哭起来："朕以为天底下女人都是好的，以为你也是天底下的好女人，你却要杀死朕！你……你就那么恨朕？"

盘凤飞惊慌失措："我恨你，可我没有杀死你。"

成化突然朝盘凤飞爬过去，一把抱住盘凤飞，像抱住万贵妃似的哀求："贞儿，贞儿，我摇铜铃给你听，小时候，你总喜欢听朕的铜铃声……"

成化一边说着，一边近乎疯狂地猛摇铃铛。

盘凤飞一时傻在成化怀里。

突然，门砰地开了。

万贵妃出现在门口，她一眼就看见了成化被勒红的脖子和地上断成两截的布条。

铃铛声戛然而止，余音却仍在绕梁。

万贵妃冲身后的张羽和盘石喝道："还不快快把这妖女拿下！"

张羽和盘石对视一眼。

成化拿着铜铃，怔怔地望着万贵妃。

万贵妃快步上前，一把抱住成化，万般疼爱地用手抚摸成化被勒红的脖子："皇上，没事了……没事了……

成化像一个被溺爱惯了的小孩见到阿妈似的，紧紧搂着万贵妃。

成化："贞儿，朕好怕……"

万贵妃："有臣妾在，不怕，不怕……"

成化又哭诉起来："他们都想杀我，都想杀我……"

万贵妃突然双眉倒竖厉声道："谁敢！"

这时，闻讯赶来的锦衣卫拥进内藏，上前一把将盘凤飞绑了。

万贵妃："拉出去，斩了！所有的人质，一个不留，全斩了！"

盘石失声大叫。

成化猛地推开万贵妃，用一双哀求的目光望着她。

万贵妃："皇上，瑶寨那边也是打打停停，拖而不决，不能再有妇人之心啊！"

69. 大藤峡瑶寨　日　内外

周敏文率军攻打瑶寨，喊声一片。

寨里，盘点灯和十几个瑶军站在高高的围墙上，也"哦嗬嗬"地叫着。

盘点灯："小人周敏文，上回你若是不使诈，骗我妹妹，谅你有千军万马，又如何进得了寨门？小人！小人！"

众瑶军齐声大叫："小人！小人！"

寨外，周敏文也大声喝道："今日我若不拿下瑶寨，活捉你盘点灯，我周敏文就枉做靖瑶大将军了！"说罢，朝手下使了个眼色，几个明军提出几桶桐油，朝寨门泼去。

山林中。

大师公盘钱粮费力地跳着，施行法术。

寨门燃起熊熊烈火，几个明军握着几根碗口粗的树筒，咚咚咚地撞击寨门。

里面，盘点灯与瑶军垒起了大石头堵塞寨门。

山林中。

盘钱粮汗如雨下，一边施行法术，一边声调怪怪地呼叫着。

随着盘钱粮的呼叫，只见大批毒蛇从四面八方的树丛中冒出来，悄无声息地快速逶迤前行，仿佛条条色彩斑斓的彩绸在飘游，煞是好看。

跟着，硕大的蜂群黑压压飞来，铺天盖地朝前拥去。

寨门在烈火中被树筒撞开，几个明军争着爬进寨门，被里面的长矛刺出，后面的明军不停地挡开刺过来的长矛，奋力推开堵住寨门的石头。

明军强攻，瑶军坚守。

狭窄的寨门内外，你攻我守，僵持不下。

70. 大藤峡瑶寨　日　内

周敏文率明军从寨门溃退，盘点灯率瑶军呐喊着追上。

周敏文他们逃进寨外的山林，迎面被突如其来的蜂群和蛇群冲得七零八落。

蜂蜇过的士兵，脸上迅即隆起大包，一个个变成了丑八怪。

毒蛇顺着官兵的腿刺溜一声爬上去，有的脸上被咬，有的被缠住了脖子，官兵鬼哭狼嚎，狼狈至极。

官兵被施了法术的蛇和蜂叮咬得全都变了形，有的像蛇一样飞快地爬行，有的像蜜蜂张开翅膀似的张开双手飞翔。

一场攻坚战被大师公弄得怪态百出，滑稽不堪。

71. 京城西市牌楼下　日　外

盘凤飞被两个刽子手推向牌楼。

另一边，几十个刽子手分别押着人质往牌楼两边分列开来。

几十个刽子手不停地冲着人质大叫："跪下！跪下！"

第一个人质被踢跪在地，盘凤飞痛苦地闭上眼。

随着一个又一个人质被踢跪在地的响声，盘凤飞一次又一次地颤动着眉头，泪水无声地淌了下来。

一个人质愤怒地大叫："盘凤飞！你是害人精！"

另一个人质失声痛哭："回不了瑶乡了！再也看不到阿爸了！"

另一个人质咬牙切齿道："盘凤飞，你害死我们了！你也不得好死！"

所有的人质都跟着喧哗、叫嚷起来。

此刻，狂风拂过刑场。

突然，传来一阵轻轻的瑶歌声。

（瑶歌）

盘凤飞慢慢睁开眼，她看见跪在地上的阿青轻轻唱起了瑶歌。

所有的人质停止了喧哗和叫嚷，慢慢地有的跟着阿青唱了起来。紧跟着，所有的人质全部唱起了瑶歌。

（瑶歌）

瑶歌声令行刑官、刽子手和侍卫全都惊呆了。

盘石急急走到张羽旁边，与张羽耳语了几句，张羽点点头。

盘石朝牌楼下走去……

72. 京城西市牌楼下　日　外

盘石望着站在牌楼下的盘凤飞道："我就知道你会心软。"

盘凤飞没吭声。

盘石压低声音质问道："为什么心软？"

盘凤飞轻轻吐了一口长气道："小时候，有一次我和阿爸碰到一只被打伤的羔羊，在山崖边咩咩咩地哀叫，阿爸冒死下到山崖，救上那只小羔羊……后来，我抱着那只小羔羊，它在我的怀里瑟瑟发抖，不停地哀叫……"

盘石压低声音吼道："不是，他不是，他是一只狼！"

盘凤飞眼神有些飘忽，仿佛自言自语："要是皇上能像我们

爱那只小羔羊一样爱我们瑶人就好了……"

盘石："爱我们？他会爱我们吗？"

盘凤飞摇摇头："来不及了……"

此时，它它烦躁不安地呜呜叫着，一边在盘凤飞身边蹿来蹿去。

盘凤飞俯下身，想去亲近它它，因为身子被捆绑着，怎么也够不着。

盘凤飞："假如有一天你还能回瑶乡，帮姐姐把它它带回去。"

盘石痛苦地抬起头，泪水一下涌了出来："都怪我，姐，都怪我……"

盘凤飞："要是姐能活着，姐不杀他，姐要改变他，姐能改变他。"

这时，狂风更猛烈地呼卷而来。

盘凤飞哆嗦了一下，望了望跪在不远处阿青光着的那只脚。

盘凤飞："把姐的鞋脱下，给阿青穿上……"

73. 大藤峡瑶寨　日　外

周敏文一边奔逃，一边大声叫道："火攻，火攻！"

混乱中，一些官兵举着火把点燃了山林。

借着风势，大火迅速蔓延，毒蛇和蜂群被大火烧退。

盘点灯与瑶军跟着败退。

周敏文率领官军乘胜追击，竟然把盘点灯给活捉了。

就在这时，天上鸟群鸣叫，黑压压的鸟群铺天盖地从山林里飞翔而出，紧接着，地动山摇，乱石飞滚。

有人惊恐地大叫："地震了，地震了！"

74. 后宫万贵妃住处　日　内

红罗帐被一阵风吹得飘荡起来，里面隐约可见万贵妃搂着成化在睡觉。

风越来越大，红罗帐不停地飘动。

75. 京城皇宫　日　内

狂风拂过皇宫。

"当"的一声，地动仪兽嘴里衔着的一个滚铜重重落在下面的水盆里。

水盆里溅出一片浪花。

76. 后宫万贵妃住处 日 内

成化从床上猛地坐了起来。

房间不停地摇晃。

一太监惊恐地进来，跪于门外急报："皇上，地震了，地震了！"

房间又摇晃起来了，成化慌忙抓住床沿，万贵妃紧紧搂住成化，面露惊恐之色。

万贵妃："不怕，皇上不怕……"

成化："天公……天公怪罪朕了！"

万贵妃紧紧搂住成化，没吭声。

成化："天……天怒人怨，赦……赦免那群瑶人吧。"

万贵妃："要是天意，那就顺从天意吧！"

成化望着万贵妃："贞……贞儿的意思？"

万贵妃："人心……"

成化突然坚定地："朕……朕要纳她为妃！"

说罢，成化望着跪在外面的太监："还不快去……宣旨！"

太监应了一声，慌忙退下。

万贵妃意味深长地道："皇上，你长大了……"

77. 京城皇宫　日　内

那太监在皇宫里狂跑，一边尖着嗓子大叫："皇上有旨，皇上有旨！"

皇宫摇晃，那太监重重地摔在地上。

那太监抬起头，依然大叫："皇上有旨，天公喘气，赦免盘凤飞……"

78. 大藤峡瑶寨　日　外

众瑶民在大师公盘钱粮的带领下祭祀天神。

盘钱粮跳起了瑶人祭祀舞蹈。

众瑶人齐声："苍天保佑！"

随即，众瑶人纷纷跳起了祭祀舞，唱起了祭祀歌……

79. 京城皇宫内藏　日　外

瑶人的祭祀舞叠化成盘凤飞在宫中跳着长鼓舞。

这是一场近乎癫狂的舞蹈。

盘凤飞不愧为瑶族的舞蹈之神，她动作极富节奏，野性十足，手脚上的铃铛随着舞蹈发出一声又一声脆响。

在盘凤飞的舞蹈中，叠化出山清水秀的瑶山。

盘凤飞一个转身，瑶山花树飘落。再一个转身，百鸟飞翔。随着盘凤飞脚步的踩踏声，化出瑶山清清的溪流，盘凤飞与一群美貌如花的瑶家少女飞快地踩进流水，洒下一路笑声……

成化与张羽和盘石不知什么时候走了过来。

张羽："瑶女盘凤飞——"

成化举手制止。

盘凤飞一个幅度极大的动作跳向成化，随之向成化投去勾魂摄魄的眼神。

盘石略略一惊。

盘凤飞跳离成化，尽情地展示各种不同的舞姿形体，或妩媚，或撩人，或勾魂……

成化的眼睛不停地在盘凤飞身上游移，他时而看见盘凤飞朱唇微启，露出一点白玉般的牙齿，时而又看见盘凤飞曲线优美的舞姿，微微颤动的胸脯……随着舞蹈，盘凤飞的手铃和脚铃也跟着发出或激烈，或轻柔的不同响声。

成化看呆了。

这时，更奇异的景象出现了。

一群不知从哪里来的色彩斑斓的蝴蝶飞过来，围着盘凤飞。蝴蝶随着盘凤飞的舞姿飞来飞去，仿佛跟着盘凤飞一起舞蹈。

盘凤飞又朝成化跳过来，她一边跳着，耳中一边响起瑶军与明军的厮杀声和狗的狂奔吠叫声……

盘凤飞往成化身边越跳越近，一双勾魂摄魄的眼神直勾勾地望着成化，直到成化身边，盘凤飞的眼神始终没有离开。

盘石大惊。

张羽示意盘石等人一并退下，盘石拗在那里不肯走，被张羽一把拖开。

成化先是出神，继而一双眼睛也大胆地回应盘凤飞火辣辣的目光。

两人的目光死死地咬在一起。

盘凤飞跳过来，眼神一动不动地勾住成化。

成化："朕要纳你为妃，在宫里给你建一座瑶寨！盘石监工！"

盘凤飞："你想娶我吗？那得先认我们瑶祖盘王！"

成化："盘王？"

盘凤飞依然用火辣辣的目光大胆地望着成化："过几天就是盘王节了，皇上要真有意，就允准我们在宫里过一次盘王节吧！"

成化："准！"

80. 京城皇宫一处废弃的荒园　夜　外

月光朦胧，树影婆娑。

稀稀拉拉的树林中，闪烁着一簇簇火把，阿青和一些女人质散落在树林的暗处，唱盘王大歌：

> 盘王出世先出世
>
> 盘王出世在福江
>
> 盘王庙宇映紫光
>
> 盘王官印十三双
>
> 盘王庇佑瑶子孙
>
> 风调雨顺五谷粮
>
> 瑶裔后代敬盘王
>
> 六畜兴旺世代昌

随着歌声，成化与盘凤飞走进荒园。

张羽和盘石紧跟其后，黑暗中，盘石一双刀一般的眼睛死死盯着盘凤飞的背影。

这时，远处传来若有若无的狗叫声，狗叫声越来越近，只见树林里蹿出十几个俯着身子的黑影。

它它大叫，冲那些黑影奔过去。

那十几个黑影学着狗的各种各样的动作，跳了起来，夜色中，俨然就是十几条不折不扣的狗。

它它兴奋地围着那十几个黑影奔来奔去。

开始一个黑影像狗一样弯着背，另一个黑影呼呼哼着，像狗一样爬上前面弓背人的身上，两人开始模仿狗的交配动作跳来跳去。

一个黑影（瑶语）："把你狗屁股撩得高一点！让我戳进去！"

另一个黑影（瑶语）："你再硬一点！"

紧跟着，十几个黑影全部像前面的两人一样，模仿狗的交配动作跳来跳去，一边跳一边大声喊着粗话，粗话声此起彼伏。

成化一下傻了。

张羽慌忙将脸扭到一边。

黑暗中，盘凤飞依然是一双火辣辣的眼睛望着傻了的成化。

盘凤飞："这是我们瑶人祭奠盘王跳的舞，跳得越热烈，瑶人的子孙越多，盘王越喜欢！"

盘石狠狠地瞪了盘凤飞一眼，站在成化身边默不作声。

那十几个黑影跳得越来越粗俗，越来越原始，一边跳着、唱着，一边不停地用瑶语大声喊着粗话。

成化终于被撩拨得按捺不住，一把拉过盘凤飞，往更加僻静的地方走去。

盘石失声叫道："凤飞姐！"

盘凤飞回头望了盘石一眼，却没有停步，跟随成化而去。

望着两人的身影渐渐消失，盘石慌神地叫着它它。

它它跑了过来。

盘石着急地拍拍它它的头："快去凤飞那里！快去！"

它它似乎会意，往盘凤飞消失的地方飞奔而去。

歌声还在响着，狗伴舞还在跳着，黑影们还在叫着、喊着，盘石失魂落魄地愣在那里，双眼噙着委屈的泪水。

僻静处。

成化一把抱着盘凤飞，两人同时滚在地上。

成化手忙脚乱地一边喘着粗气，一边野蛮地撕开盘凤飞的衣服，露出盘凤飞洁白如玉的颈脖和乳沟，成化心急火燎地将头往盘凤飞胸前拱去。

盘凤飞把头侧向一边，闭上眼睛。

正在这时，它它飞蹿过来，一下咬住成化还没来得及脱下的裤子，成化惊慌地转过头，只见它它瞪着一双凶凶的狗眼，向他呜呜叫着。

成化一下没了兴致，松开盘凤飞。

成化："它不认我，欺生。"

盘凤飞望着它它，它它也望着盘凤飞，又冲盘凤飞轻轻地呜呜了两声。

盘凤飞愣了愣，略有失落地道："皇上要是穿瑶服，它就不会认生了。"

成化站起身，一边系衣服，一边道："等瑶寨建好了，朕就穿着瑶服爬你的吊脚楼！你……你得给朕穿上妃子服！朕依瑶俗与你结亲！"

黑暗处，盘凤飞走到还愣在那里的盘石身边，低声而恼怒地道："下次再让它它捣乱，我杀不了皇上，就杀了你。"

说罢，盘凤飞头也不回地匆匆离开。

盘石打了个激灵。

81. 京城皇宫　日　外

僻静的一隅空地，一座有点不伦不类四不像的瑶楼已经建成。

盘石站在那里，望着自己监工下建成的瑶楼，既茫然又痛楚。

一个工头拿着一根木榫和一把锤子走过来。

工头："盘公公，该打最后一根榫了，你要不要来看看？"

盘石一手拿着木榫，一手拿着锤子，一步一步爬上已经建好的瑶寨木楼。

盘石走到梁与梁之间的接口处停下来。

良久，他将那根木榫狠狠地插进接口，挥着铁锤，咚、咚、咚地用力敲打起来。

82. 京城　日　外

一辆囚车车轮朝前滚动。

囚车里，关着披头散发、身着瑶服、脖戴木枷的盘点灯。

周敏文和一队明军紧跟囚车前行。

83. 京城皇宫内藏　夜　内

盘凤飞对着一面镜子，将头上的瑶帽轻轻摘下。

旁边的阿青接过盘凤飞的瑶帽。

阿青略微不屑地道："换了这身衣服，就好救点灯哥了。"

盘凤飞："你以为姐姐只想救点灯哥吗？"

阿青更为不屑："多谢姐姐，姐姐救了所有的人质，还让我到了你身边，阿青千恩万谢。"

盘凤飞轻理云鬓的手抖了一下，拿过梳子梳头，继而脱下瑶服。

阿青递上一套妃子服："姐姐脱了瑶衣，可知道阿青怎么看吗？"

盘凤飞没吭声，接过妃子服，慢慢穿上。

84. 京城皇宫内寝　夜　内

张羽和盘石服侍成化穿上瑶服。

穿戴毕，成化对着镜子左看右看，转向盘石："盘石，寡人可像一个瑶人？"

没等盘石回答，成化心花怒放地又道："寡人今天就做一个瑶人罢！"说罢，转身走出内寝。

盘石用一种说不出意味的目光盯着成化的背影。

85. 京城皇宫"瑶寨"　夜　外

"瑶寨"上张灯结彩，在灯笼的映照下，宫中的那座"瑶寨"恍若一个梦境。

张羽跪在吊脚楼下，拉了拉身边的盘石，盘石也跟着跪下。

成化提脚踩在张羽和盘石的肩上，笨拙地往吊脚楼上爬去。

成化没抓稳，一脚踩空，差点摔了下来。

张羽一把扶住，好不容易让成化再次抓住了栏杆。

盘石跪在地上，一动不动，眼里露出极为复杂的神色。

楼上，穿着瑶服的成化走进二楼内室，只见内室里空荡荡的，没有盘凤飞，只有火塘里的火在烧着。

成化急了，目光在屋内四处搜寻，这时，隐隐传来优美至极的瑶歌声：

八仙响了

沙铃响了

口弦响了

铜鼓响了

古罗花开了

盘芍果熟了

心上的人儿啊

是不是也该到了

随着歌声，盘凤飞撩开轻薄的帷幔，朝成化嫣然一笑。

吊脚楼下。

张羽和盘石分别靠在两根吊脚下。

张羽："说说你们瑶人的事？"

盘石没有吭声，木然地看着前方……

吊脚楼上。

成化和凤飞相互翻滚。

随着一件红肚兜飘落，那份《过山榜》也跟着飘落在地。

火塘里的火苗忽忽闪闪。

瑶寨里的松明火把浮浮沉沉……

响起瑶人的长矛和明军的冷兵器激烈的碰撞声。

吊脚楼下。

盘石木然地道："我们瑶人的事，你不懂。"

张羽："兴许说了我就懂了。"

吊脚楼上。

成化系好衣服，猛地发现地上的那份《过山榜》，捡起一看："《过山榜》？"转头望着盘凤飞。

盘凤飞惊醒过来，上前想抢已经在成化手中的《过山榜》，成化顺手将《过山榜》扔进火塘。

《过山榜》迅速着上了火苗，盘凤飞猛地扑向火塘，将着火的《过山榜》拼力拍打。

成化："你已经是朕的妃子了，留着那东西还有什么用？"

盘凤飞将《过山榜》紧紧抓在手上，像攥着自己命一般地道："有些东西我就是死也要留着，护着！"

成化望着盘凤飞那模样，半晌没吭声，转身走到床边，端坐下来，再朝盘凤飞望去，见盘凤飞依旧紧紧地攥着那份《过山榜》，心有怜惜。

成化："那就留着吧！"

盘凤飞猛地转过头，望着成化。

成化笑了笑："朕要的不是《过山榜》，朕要的是让你们瑶人赋税、纳粮、守规矩！"

盘凤飞："榜上说好的，瑶人不纳税，你为什么不认账？"

成化望着盘凤飞一惊。

盘凤飞："听阿爸说……"

吊脚楼下。

盘石正在跟张羽说着瑶人的故事。

盘石："听阿爸说，我们瑶人的祖先是从天上下凡的一只金毛犬，他助评王打败了异族戎王，按照事先说好的，评王该将公主许配给金毛犬成亲……"

张羽惊讶地："犬与人配为夫妻？"

吊脚楼上。

盘凤飞："金毛犬知道公主委屈，就对公主说，给我备一口金砂罩吧，把我罩上七七四十九天，我会变成一个俊俏的后生……"

成化又是一惊。

吊脚楼下。

盘石："公主信以为真，就给金毛犬备上了一口金砂罩……"

吊脚楼上。

盘凤飞与成化并肩坐在床上。

盘凤飞："金砂罩将金毛犬罩了一天又一天……过了四十八天，公主着急了，担心金毛犬饿死在里面，就把金砂罩打开了……"

成化转头望着盘凤飞："打开了？"

吊脚楼下。

盘石："……金毛犬果然变成了一个俊俏后生，只因还差一天时辰，他的头还带有一点狗的痕迹。"

吊脚楼上。

成化惋惜地道："再过一天就好了，再过一天就好了。"

盘凤飞："后来，评王赐金毛犬姓盘，取名盘护，尊为瑶祖，又赐盘护万顷良田，颁发《过山榜》，记上瑶祖盘护帮评王打败戎王的战功，许诺瑶人子子孙孙不缴粮，不纳税……"

吊脚楼下。

盘石激动地望着张羽："……你们汉人先祖评王，和我们定好的规约，怎么就不算数了？还打我们，打我们！"盘石说罢，挥起拳头没头没脑地打向张羽："打我们，让你打我们！"

张羽没有还击，只是抱着头躲闪，一边道："打我做什么？你打我做什么？"

盘石放开张羽，抱着吊脚失声痛哭。

吊脚楼上。

盘凤飞有点咄咄逼人地望着成化："……评王是你们的祖先，盘护是我们的祖先，自古瑶汉原本就是一家，你凭什么派兵打自家人？"

成化呆呆地望着盘凤飞。

盘凤飞眼中闪着泪花："凭什么？还让两家死了那么多人？"

成化站起身，伸出手，轻轻在盘凤飞肩上按了一下，然后转过身，反背双手，在房里踱来踱去。

盘凤飞抬起泪眼望着成化，眼中饱含着委屈，追问："你能告诉我吗？"

成化停下，仰头叹了一口长气："要是评王真与你们瑶祖有这个约定，朕得想一想，朕得想一想……"

86. 京城大狱　日　内外

一个狱卒哗啦一声将牢门打开。

站在牢门边的盘石朝蹲坐在牢里的盘点灯道："皇上特免你死罪，恭喜哥哥出狱。"

盘点灯望着盘石，有些莫名其妙。

盘石在前，盘点灯在后，两人一前一后走出大狱。

盘点灯边走边问："朝廷认输了吗？不打了吗？"

盘石没说话，只是朝门外走去。

盘点灯跟随盘石走到门外，一缕久违的阳光投射过来，盘点灯伸出双手正想舒展筋骨，猛地看见站在远处的盘凤飞和阿青。

盘点灯一阵惊喜："阿妹？阿青？"随即快步朝盘凤飞和阿青奔过去。

突然，盘点灯愣住了，他看见盘凤飞身上那刺目的怪异服饰。

盘凤飞先是惊喜，见盘点灯盯着她身上的妃子服，脸上的笑容顿时僵住。

盘点灯似乎明白了什么，将目光投向旁边的阿青。

阿青望着盘点灯眼中闪着泪花，略微沉重地点点头。

盘点灯一切都明白了，伸出颤抖的手指着盘凤飞："脱掉，把这身鬼衣给我脱掉！"

盘凤飞："哥……"

盘点灯勃然大怒："我不是你哥！你穿上这身鬼衣，你是要屈从于汉人吗？"

盘凤飞怔怔地望着勃然大怒的哥哥盘点灯，什么话也说不出来。

盘点灯一把抓住盘凤飞，眼里充满怒火："你是瑶人的叛徒！你对得起死去的阿爸吗？我要掐死你！"

说罢，双手一下掐住了盘凤飞的脖子。

盘点灯："你死后就是变成鬼，也回不来瑶寨！"

阿青上前想去拉开盘点灯，盘点灯猛地甩开阿青。

盘点灯又死死掐住盘凤飞，冲阿青吼道："她是部落的罪

人，我要掐死她！"

盘凤飞一动不动，闭着眼，任由哥哥盘点灯发泄。

盘点灯歇斯底里地大吼："耻辱，你是瑶人的奇耻大辱！"

盘石怔怔地望着，想上前阻止，却没挪步，只是呆呆地站在那里。

突然，啪的一声，一个巴掌狠狠地落在盘点灯的脸上。

盘点灯猛地一愣，松开盘凤飞。

只见缩回手去的阿青也被自己刚才的举动惊蒙了，呆呆地站在那里，望着盘点灯。

少顷，阿青颤动着嘴唇，叫了声："点灯哥……"

几个人一时都僵在那里。

盘凤飞望着盘点灯轻声道："阿哥，族人还等着你……"

这时，盘石走到盘点灯面前："哥哥，我送你走！"

87. 路上　黄昏　外

大雨中，周敏文俯头随马狂奔……

（闪回）京城宫门外，周敏文一把抓过张羽："我好不容易活捉了盘点灯，不但不被封赏，还把人给放了，为什么？这是为什么？"

张羽："盘点灯现在是皇妃的哥哥，算是跟皇上结了亲了。"

周敏文哈哈大笑："皇妃，哈哈哈，皇妃……"

（闪回结束）周敏文继续策马狂奔。

（闪回）京城荒郊，周敏文与盘点灯对视。

周敏文："你不觉得耻辱吗？靠瑶妃捡下一条命来！"

盘点灯："你不觉得扫兴吗？我盘点灯的脑袋还扛在肩上！"

周敏文又是哈哈怪笑："父亲没了，凤飞也飞了，我们是家仇国恨连在一起，那就回大藤峡再开战吧！"

盘点灯："好，我还怕你不成！"

（闪回结束）周敏文继续策马狂奔，消失在雨雾之中……

88. 大藤峡峡口　日　外

盘点灯率领的瑶军与周敏文的明军再度开战。

双方激战，互有伤亡。

那群鸟又飞了过来，盘旋在双方激战的上空，无数彩色的羽毛纷纷飘落……

89. 京城皇宫瑶寨　黄昏　内外

阿青拿着一些刚晾晒好的衣服爬上吊脚楼，猛地看见盘凤飞

蜷缩在楼梯边，痛苦地哼叫。

阿青奔过去，惊讶地发现盘凤飞的下身有一摊血迹。

阿青："你怎么了？"

盘凤飞："阿青，快帮姐姐叫盘石过来……"

阿青领着盘石匆匆走向吊脚楼。

盘石站在盘凤飞床前，睁着一双吓人的大眼，歇斯底里地道："打掉他，打掉他！"

盘凤飞："他是一条命，是姐姐的孩子……"

盘石："不是，他不是姐姐的！"

盘凤飞："快去替姐姐求求冯先生，要几服瑶药，姐要保住他。"

盘石怔怔地望着盘凤飞。

盘凤飞："要是你想杀死他，那就要冯先生给我一服打胎药吧。"

90. 京城郊野　夜　外

风雨交加中，盘石提着一只灯笼，跌跌撞撞朝那座破庙奔去。

灯笼被雨淋湿了，在夜色中被风吹得摇摇晃晃……

91. 庙里 夜 内

被雨水打湿了身子的盘石磕巴着嘴："给她一服打……打胎药，打掉她肚里的那个杂种！"

冯祖辉坐在那里，手里不停地搓着一个核桃壳，没说话。

盘石焦急地："先生，你倒是说话啊！"

冯祖辉这才慢条斯理地道："宫里的事，我也知道一些，皇上至今无子，全是因为万贵妃，只要妃子怀上皇上的种，都被她下了打胎药，凤飞想保，也难得保住啊……"

盘石磕巴着嘴："所以，得打掉，得打掉！"

冯祖辉停住搓手中的核桃壳："可这孩子……老夫穷尽一生想凭借一己之力平息瑶汉战争，想不到最难的事，其实也简单……"然后，冯祖辉站起身，冲着盘石道，"这孩子，得保！"

说罢，冯祖辉走向药箱去抓药。

盘石呆呆地站在那里，突然猛地冲上去，不由分说夺过冯祖辉手中的药，一把甩在地上。

盘石睁着一双红红的眼睛："不要，我要的不是保胎药，是打胎药！凤飞姐是我的，我还要娶她，我要娶她！"

冯祖辉震惊地望着盘石。

冯祖辉："你……你还能娶她吗？"

冯祖辉心痛地望了盘石一眼，什么也没说，蹲下身子，收拾被盘石撒在地上的药。

盘石愣住了，蹲在地上失声痛哭……

冯祖辉手上还拿着药语重心长地道："我们大瑶山，树林茂密，植被盘根错节，根根相连，瑶人、汉人、回人、藏人、土家人，这些数不清的民族，不也像那些盘根错节根根相连的森林一样吗？"

冯祖辉将包好的瑶药递给盘石："我们瑶祖娶的就是汉人评王的女儿，你我身上也流有汉人的血……"

92. 京城皇宫瑶寨　夜　内

一身湿淋淋的盘石站在门边。

盘石狠狠地道："一共五服，冯先生说，武火煎熬！"说罢，将手中的药扔在门边，快步走开。

93. 瑶寨盘钱粮吊脚楼　夜　内

中年盘石裸体站在木桶里。

盘钱粮提着一桶药水走过来："先用药把身子冲洗干净吧，刀梯已经给你备好了。明天，阿爸替你度戒。"

说罢，盘钱粮提着那桶药水冲盘石从头到脚淋去。

盘石打了一个激灵。

盘钱粮拿过一把香草，沾湿，一边朝盘石身上挥洒，一边嘴里念念有词。

这是一场沐浴礼。

香草拂过盘石的脸，拂过盘石的脖子，顺着胸前轻轻朝下，朝下，终于拂到了盘石的私处。

盘钱粮的手抖了一下。

盘钱粮抬起头，一时泪如雨下。

它它坐在那里，望着盘石父子俩。

盘钱粮："娃崽，记住了，一个真正的瑶家汉子，须遵如下十戒：一戒，不毁骂日月；二戒，不滥杀生灵……"

94. 京城皇宫"瑶寨"　晨　外

清晨的瑶寨，一片安宁。

突然，里面猛的一声婴儿的啼哭，划破了瑶寨的宁静。

95. 京城皇宫"瑶寨"外墙角下　晨　外

盘石蜷缩在瑶寨外的墙角下，耳边不时传来婴儿的啼哭声，啼哭声由弱变强，在盘石的耳中变得越来越夸张。

盘石痛苦地用双手死死地抠住瑶寨的墙，然后抬起头，望向

吊脚楼，眼中露出一丝凶光。

96. 瑶寨盘钱粮家　晨　内

香火缭绕中，盘钱粮将点燃的香火往香坛插去，突然，手猛地一抖，停住了。

身后的盘点灯道："大师公，这仗到底还要打多久？"

盘钱粮仰头望了望，没吭声，将香火插进香坛。

97. 京城皇宫万贵妃寝院　夜　内

万贵妃抱着一个布娃娃躺在床上，不停轻轻拍打着，一边用充满着母性温柔的口吻哄道："宝宝不哭，宝贝不哭……"

万贵妃来回不停地走着，哄着。

万贵妃望着布娃娃："真乖，待会儿父皇来了，说不定一高兴啊，就立你为太子了……"

突然，万贵妃睁着眼睛不动了，她仿佛听到了什么。

一声婴儿的啼哭声亦真亦幻、似有若无地传进万贵妃的耳中。

万贵妃侧耳细听，那啼哭声又没有了。

98. 京城皇宫"瑶寨" 夜 内

盘凤飞搂着婴儿恬静地躺在床上。

突然，一只手伸过去，轻轻地将盘凤飞搂住婴儿的手拉开。

床边，伏着盘石，见盘凤飞没动静，盘石瞪着熟睡的婴儿，伸出双手，朝婴儿掐去。

盘凤飞动了一下身子，盘石慌忙将双手缩回。

少顷，见盘凤飞又没了动静，盘石颤抖着手慢慢伸向婴儿，突然，猛地一下掐紧了婴儿的脖子。

婴儿被掐醒，大声啼哭起来。

盘石听到婴儿的啼哭声，一下愣住了，双手本能地松开了。

盘凤飞猛地睁开眼，望着盘石松开还没有来得及缩回的手，惊恐地道："你，要杀他？"

盘石瞪着盘凤飞，眼里露出一丝凶光。

盘凤飞冷冷地望着盘石："你杀吧。"

婴儿大声地啼哭，盘石将缩回去的手又伸向婴儿，望着婴儿那张粉嘟嘟的小脸，张嘴大哭的红红的嘴唇，盘石停住了。

盘凤飞一把将婴儿抱在怀里，将自己的脖子伸向盘石道："你杀吧。连我一起杀了吧，你不是想做大英雄吗？"

寨里传来它它急急的吠叫声。

阿青惊慌地跑过来。

阿青："万贵妃……领着几个宫女奔寨里来了！"

盘凤飞和盘石同时一惊，盘凤飞一边慌忙哄着还在啼哭的婴

儿，一边将求助的目光投向盘石。

99. 京城皇宫"瑶寨"外　夜　外

万贵妃、张羽带着几个提着灯笼的宫女朝瑶寨急急奔来。

100. 京城皇宫"瑶寨"吊脚楼　夜　内

它它咬住盘石的裤管，不停地往外拖。

盘石猛地想起了什么，一把夺过盘凤飞手中的婴儿，疾步往外走。

盘凤飞和阿青同时傻了。

盘凤飞："盘石，你把孩子抱哪里去？"

盘石没有搭理，抱着还在啼哭的婴儿匆匆走下吊脚楼。

101. 京城皇宫"瑶寨"吊脚楼外　夜　外

盘石手忙脚乱地掀开狗窝，将仍在啼哭的婴儿轻轻放了进去。

怪了，婴儿放进狗窝后，一下就停止了啼哭。

它它不停地用狗腿刨着地。

这时，万贵妃和宫女们说话的声音已经从寨门远远地传来。盘石望了望四周，趁着夜色离去。

它它坐在了狗窝边。

102. 京城皇宫"瑶寨"吊脚楼下　夜　内外

张羽在万贵妃身边候着。

张羽："搜！给我细细地搜！"

几个宫女提着灯笼拥上吊脚楼，到处搜查，却什么也没发现。

几个宫女又拥向寨里四处搜寻。

狗窝边，它它像一个忠诚的卫士，坐在那里守护着狗窝。

领头的宫女向万贵妃禀报，表示没有发现什么。

万贵妃不动声色地："再找。"

张羽冲另外几个宫女道："还不快去再找！"

盘凤飞和阿青两张脸紧紧贴在窗边，惊慌地望着几个宫女走向狗窝。

几个宫女走向狗窝。

它它冲几个宫女发出呜呜的叫声。

几个宫女吓得慌忙朝后退去。

万贵妃余光瞥了张羽一眼，张羽立刻走向狗窝。

张羽一脚把它它踢开，俯下身去趴到狗窝旁，它它不停地呜

鸣叫着，拼命咬住张羽的裤管，试图往后拖拉张羽。

窗边的盘凤飞和阿青惊恐至极。

张羽往狗窝里看去，趁着月色，他看见了狗窝里的婴儿，婴儿咧开小嘴，冲张羽无声地笑了。

张羽顿时傻了。

那边传来万贵妃的声音："张羽！"

这时，随着一阵脚步声，盘石和几个太监奔了过来。

盘石一眼瞅见了狗窝边的张羽，先是大惊，然后用一双哀求的目光望着张羽。

万贵妃喝道："盘石，深更半夜的，到这里做什么？"

盘石忙答道："小的听见宫里有几个叫春的夜猫子，叫得像小孩的哭声一样，小的怕惊扰了皇上。"

万贵妃没好气地瞪了盘石一眼，然后转身冲张羽道："狗窝里也有夜猫子吗？"

张羽嗫嚅着："禀娘娘，狗窝里什么都没有。"

万贵妃愤愤地离开。

几个宫女慌忙提着灯笼紧跟离去。

张羽故意落后了几步，然后走向盘石，盘石正想说什么，张羽哼了一声，便快步跟上万贵妃。

贴在窗边的盘凤飞长舒了一口气。

103. 一组镜头　瑶乡——皇宫"瑶寨"

瑶歌声：

美丽的瑶乡是阿妈的家，

那里树很高啊水很清，

过山过水不落花。

美丽的瑶乡是阿妈的家，

那里的妹很靓啊哥很壮，

过山过水不害怕……

歌声中交替出现一组画面：

山色如黛，溪流长长，瑶寨的春天到了，盘点灯与一群瑶人将背篓里的种子扬手撒向山坡。

京城、瑶寨，盘凤飞手把手教小皇子书写汉字……小皇子一身普通的汉服。

盘凤飞教小皇子唱起瑶乡的儿歌……小皇子穿着一身拼凑起来的瑶服。

瑶乡，秋天来了，树叶一片金黄，无数只小鸟飞向天空，盘点灯和一群瑶人收割已经成熟了的苞谷。

盘凤飞坐在火塘边，用不同颜色的布块拼缝成一件小孩的瑶衣，盘凤飞将那件不伦不类的瑶衣穿在已经长到三四岁的小皇子身上。

瑶山，冬天里，盘点灯和十几个身强体壮的瑶人手提长矛、火铳、弓弩呐喊着围猎……

火塘边，盘凤飞从冒着热气的锅里舀出一碗擂茶，转身递给站在那里的小皇子。

里面传来盘凤飞的声音："这叫擂茶，瑶人都喜欢喝，里面有黄豆、芝麻、冰糖、米花……"

小皇子的声音："阿妈，好香。"

104. 京城皇宫　　日　内

字幕：七年以后

宫廷里不时传来威武的吼叫声。

已经长到七岁的小皇子穿着一件用各种布料拼缝的瑶服，留着一头从未剃过的长长乳发，张着一双好奇的眼睛，走在长长的甬道里，东张西望。

105. 皇宫武英殿　　日　内

成化一边大步往外走去，一边道："贞儿不要再说，鞑靼来势凶猛，朕……朕决心已定，御驾亲征！"

万贵妃奔前几步，急忙跪下。

万贵妃："皇上万万不可，当年父皇……"

成化怒吼："朕……朕不是父皇！朕要去报父皇之仇，血染沙场，以洗我大明耻辱！"

万贵妃声音带着哭腔："皇上，太子未立，圣驾万万不可亲征！国，不可一日无君啊！"

成化更加暴怒："太子在哪儿？朕的子嗣在……在哪儿？朕……朕哪有太子可立？"

一直候在一边的张羽望了一眼暴怒的成化。

张羽急忙跪下叩首："皇上有子……"

这时，一个孩子的声音传了过来："父皇！"

成化和万贵妃同时一惊。张羽没有惊慌，而是跪在地上一动没动，仿佛一切早在意料之中。

成化顺着声音望过去，只见一个穿着一身瑶服的小孩站在那里，天真地望着他的胡须，一见成化朝他望过来，小孩转身撒腿就跑。

成化愣了一下，撩起皇袍就往外追出去。

万贵妃一时傻了。

张羽一阵释然，长长地舒了一口气。

106. 皇宫"瑶寨" 日　内外

吊脚楼下，盘凤飞和阿青早已在一旁候着。

成化紧随小皇子跑进瑶寨，一群内侍和太监也跟了过来，各自站好。

小皇子远远地站在一边，天真而好奇地望着那群人。

它它站在小皇子的身边。

成化恼怒地大声吼道："是谁？是谁瞒了朕七年？谁？"

这时，站在张羽身边的盘石正要走上前，张羽暗暗地瞪了一眼盘石，快步走到成化身边，跪下。

万贵妃快步走了过来，一见站在那里的小皇子，停住了。

张羽："是老奴私自为万岁爷做了主，瞒了万岁爷七年。"

成化气急地望着张羽，猛地从身边一个内侍剑鞘里抽出一把剑，指向张羽："你怎么……怎么敢欺骗朕？"

张羽老泪纵横："皇上不可无后啊……"

成化："朕的私事，也是你个奴才该管的吗？"

张羽抬头望了一眼万贵妃，豁出去了："皇上无子全因贵妃无德，如今鞑靼进犯，皇上御驾亲征，太子未立，群臣恐慌，这全是贵妃留下的祸患。七年来，老奴迫于贵妃淫威，日日胆战心惊，不敢告知皇上，老奴有欺君之罪！"说罢，猛地起身，一下将身子扑向成化手中的剑。

成化惊骇地望着靠近他的张羽，张羽也望着成化。

成化颤抖着嘴唇："奴才大胆！"

张羽："万岁爷，奴才的命贱如草芥，可大明江山社稷重如泰山，此前，贵妃已假老奴之手，将皇上的子嗣一个未留，老奴愿领死，以报皇恩万一，只求皇上留下这唯一的血脉。"

这时，张羽握着成化手中的剑，狠狠地往自己胸上捅去，张着一双大眼望着成化："他……他是皇上的种。他的身上流着汉人的血。"说罢，气绝身亡。

几个内侍立马将张羽的尸体抬走。

成化惊在那里，咆哮起来："谁？还有谁？瞒了朕七年？"

盘凤飞走上前，镇定地望着成化："这一天我等了七年了……"

成化盯着盘凤飞："为什么瞒着朕！你不知道这是欺君之罪吗？"

盘凤飞："为了孩子，什么罪臣妾都愿意领！"

成化暴怒："你死，他也得死！"

盘凤飞跪下："孩子无罪，求皇上恩典……"

成化："他是朕的耻辱！"

盘凤飞："那也是皇上所生，如果皇上不认他，那就放他回瑶乡吧。"

成化靠近盘凤飞，压低声音道："他能出去吗？"

盘凤飞："只要放他出去，哪怕让他流浪去当乞丐……"

成化气急："可他的身上有朕的血！"

盘凤飞："如果皇上认他是你的子嗣，就给孩子一条活路。"

成化盯着盘凤飞猛地不说话了。

盘凤飞恳求地："他才七岁，什么也不懂，让他活着，让他长大……"

成化咬牙道："朕会让他活着吗？"

突然，成化身后传来一声稚嫩的怯怯的叫声："父皇。"

成化回头一看，蒙了，只见小皇子穿着一身不太合体的小皇子服站在万贵妃身边，惊恐万状。它它跟在小皇子身后，脖上的铃铛摇晃着，发出叮当叮当的响声，它它仿佛不认识小皇子似的，呜呜叫着。

盘凤飞也蒙了。

万贵妃趋前几步，跪于成化面前。

万贵妃："臣妾对不起皇上，臣妾罪该万死。"

成化望着万贵妃突然冷笑起来："你……你有什么对不起朕？从三岁开始你就护着朕，如今还在护着朕，你有什么对不起朕的？"

万贵妃涕泣："这些年，臣妾一直在想，宫里嫔妃各有势力，臣妾做的那些事……是担心皇上受钳制，乱了朝纲。现如今，皇上终归有了这唯一的子嗣，为了大明江山，臣妾有个不情之请，请皇上立他为太子，以固国本。"

成化愣了一下，突然大吼："他是个杂种！"

万贵妃："恰因这孩子为瑶女所生，毫无外戚瓜葛，倒是干干净净……"

成化："朕宁愿无后，也不能立一个杂种为太子！朕的血统怎么能跟瑶人混在一起？"

万贵妃："臣妾做他的母亲，亲自调教他，让他变成一个汉人。"

盘凤飞怔怔地望了望万贵妃。

成化猛地倒抽了一口气，沉默了一下，自语道："难道我大明江山要托付于一个瑶人吗？"

盘石趁机立马跪在成化身边："奴才以为，若由贵妃亲自调教，不出几年，小皇子就是一个地地道道的汉人了。"

盘凤飞也趁机道："凤飞谢过贵妃娘娘。"

万贵妃瞥了一眼跪在那里的盘凤飞："从今天起，本宫要让他见不到瑶族所有的东西，包括你！"说罢，望向成化，"臣妾相信一定能改变他！"

成化看定盘凤飞犹豫了一下道："要么你、他，还有所有的瑶人一起死，要么……按贵妃所说，将你打进冷宫，与孩子永不相见。你选。"

这时，它它汪汪大叫起来。

盘凤飞以头叩地："臣妾愿进冷宫，母子永不相见。"说罢，抬头望着成化："臣妾只有一求，让它它陪着孩子，它它一直陪了他七年，它它不分瑶汉。"

成化："准！"说罢，拂袖而去。

一直惊恐的小皇子走向盘凤飞，叫了声"阿妈"。

盘凤飞望着小皇子哽咽地道："娃崽，能再唱一首儿歌给阿妈听吗？"

小皇子站在那里唱了起来。

瑶歌：

阿爸呢，阿爸！

我若是小鸡，

小鸡崽出壳，

母鸡还带他去找吃哩。

我若是小猪，

小猪崽出窝，

母猪还不舍离哩……

儿歌声中，盘石领着小皇子朝寨门外走去。

无数的小鸟飞进瑶寨，有的在瑶寨上空盘旋，有的跟随盘石和小皇子飞翔而去。

小皇子一步三回头，稚嫩地叫着："阿妈！阿妈！"

盘凤飞站在那里，眼里噙着泪花，一丝淡淡的微笑停在嘴角边。

闪回1：皇宫"瑶寨"

夜色下，瑶寨的院落里，盘石着急地对盘凤飞道："我们等了七年，是时候了。"

（闪回结束）

盘凤飞站在那里，望着盘石和小皇子走出寨门，它它脖子上的铃铛响着。

闪回2：皇宫"瑶寨"

盘凤飞拉着小皇子的手："明天盘石公公领你去宫里，只要见到一个长胡子的，那就是你父皇。"

小皇子道："阿妈，我知道了。"

（闪回结束）

寨门慢慢关上，响声一下一下打在盘凤飞的心上，她眼中的泪水无声地流下。

闪回3：皇宫甬道

小皇子走在长长的甬道上，盘石时不时朝他引路，一直引到成化的武英殿外，用手示意小皇子，朝里指了指。

（闪回结束）

盘凤飞站在那里，尽管铃铛声越去越远，但在盘凤飞的听觉中却越来越响，越来越清脆。

闪回4：皇宫"瑶寨"吊脚楼

火塘边，盘凤飞将《过山榜》缝在一个肚兜里，给光着身子的小皇子穿上，一边道："肚兜里是我们瑶人的《过山榜》，永

远不能丢，将来有一天，等你长大了，它会告诉你你是谁。"

小皇子似懂非懂地点点头。

它它卧在火塘边，睁着双眼看着盘凤飞和小皇子。

盘凤飞望了望它它，取下手上的铃铛，套在它它的脖子上。

（闪回结束）

随着铃铛声渐行渐远，盘凤飞转身，一步一步走上吊脚楼。

阿青跟在后面，瑶寨的门一扇又一扇关闭……

盘石领着小皇子走进深深的宫廷，宫廷的门一扇又一扇地打开……

107. 旷野上　日　外

秋风萧瑟，树木摇落。

一匹快马在旷野上疾奔……

108. 大藤峡　日　外

血溅长矛。

盘点灯与周敏文阵前单挑。

拼杀。打斗。

突然，两人几乎同时从山坡上滚下，被藤蔓缠住，手中的刀

矛也被挂在了藤蔓上。

两人在藤蔓中滚打，藤越缠越紧。

渐渐地，两人都动弹不得，被藤蔓裹在一起，分不清哪个是周敏文，哪个是盘点灯。

远处，双方的人马一时都呆住了，站在那里不动。

盘点灯再也动弹不得。

周敏文喘着气："我们不打了吧……"

盘点灯也喘着气："你想不打就不打了吗？"

周敏文哭道："点灯大哥……"

盘点灯："谁是你大哥？谁是你大哥！"说罢挣扎着又朝周敏文滚打而去，周敏文仰面躺着，任盘点灯用头和身子不停地撞击。

周敏文鼻子被撞出血来。

盘点灯一边撞击一边吼叫。

周敏文嘴里也喷出血来，依然不动，笑道："要是没有战事，我与凤飞早就结亲了，我该叫你大哥，你呢？该叫我妹夫……"

这时，骑在快马上的人大声呼叫："皇上有旨……"

盘点灯猛地停住。

周敏文躺在那里，静静地望着天空。

天空一片蔚蓝，在蔚蓝的天空中，无数只小鸟飞翔着，周敏文似乎又看见了盘凤飞。

周敏文笑了。

109. 京城皇宫　日　内外

字幕：十二年后，朱祐樘登基，年号弘治。

一双脚在宫廷里快步走着。

已经三十几岁的盘石紧紧跟上。

这时我们看到长成大小伙子的小皇子身着龙袍快步走着，他长得眉清目秀，相貌俊朗，很有几分当年盘凤飞的风韵。

110. 皇宫"瑶寨"　日　外

弘治走到寨门边，站住了。

只见瑶寨里杂草丛生，一群彩色蝴蝶在草丛中飞来飞去，里面的瑶寨已经破败不堪，凄冷无比。

弘治快步朝瑶寨走去。

身后的盘石紧紧跟上。

弘治扑通一声跪在吊脚楼下，望着眼前破败冷清的吊脚楼，眼里噙着泪水："阿妈，孩儿看你来了……"

盘石也跟着跪下。

画外隐隐传来当年盘凤飞哼唱的歌声。

一只蝴蝶飞过来，停在弘治的肩背上。

弘治掏出那份残破的《过山榜》，捧在手上，泪水无声地流了下来："阿妈，孩儿已令大臣重修《过山榜》，并令盘石护灵，将阿妈的衣冠葬回大瑶山……"

盘石涕泗纵横："皇上圣明……"

111. 瑶山　日　外

延绵不绝的大瑶山，烟雨迷蒙，如一幅水墨画。

中年盘石身着瑶服，一步一步往刀梯爬去。

刀梯下，盘点灯站在盘钱粮身边，往刀梯望去，道："还能算度戒吗？"

盘钱粮："他是个英雄，盘王看得到的。"

这时，中年盘石往刀梯登去，一直登到刀梯上的云台。中年盘石高高地站在那里，朝远处望去。

大山深处，茂密的原始森林，植被郁郁葱葱，树缠着藤，藤缠着树，盘根错节。

盘钱粮的画外音："三戒，不欺弱小；四戒，不畏强暴；五戒，睦邻友好；六戒，友善异族……"

听着阿爸盘钱粮的声音，中年盘石站在高高的云台，胸脯不停地起伏着，一双望着远方的眼里闪动着泪花……

盘石抬起头，大吼一声："过——山——榜！"

此时，无数只小鸟朝云台这边飞过来，一只红色的小鸟飞在最前面，十分醒目。

112. **瑶山　日　外**

盘石的吼声在山谷回响。

无数瑶人在漫山烧荒。

大火熊熊，历经近百年战事的瑶山仿佛在大火中涅槃，浴火重生。

瑶民围着荒火不停地起舞，歌唱。

不同版本的《过山榜》依次在火中一张一张地迭出……

它它坐在一个山崖上，老迈的狗眼望着山崖下的那些瑶民。

亦真亦幻的盘凤飞朝它它走来。

盘凤飞："它它，我们走吧。"

它它转过头，望着盘凤飞，摇着狗尾。

盘凤飞："走，我们回瑶寨去。"

它它起身，跟上凤飞，往远处的瑶寨走去……

剧终

［编剧：孔见、张为、张盈、王青伟（定稿）］

电影工作照

美国国会图书馆收藏的《过山榜》

广西贺州太后衣冠冢

广西贺州太后衣冠冢的镇墓兽

编剧到湖南江永县采风

上影集团艺术总监汪云天（右）指导孔见（左）修改剧本

上影集团汪云天（左二）、广西文化产业集团董事长匡达蔼（左一）、广
西文化产业集团总经理卢瑞祥（右一）与编剧孔见（右二）在南宁

编剧孔见（前排左二）与广西瑶学会专家讨论剧本

广西金秀瑶族自治县拍摄场景建设

浙江横店拍摄场景建设

浙江横店拍摄场景建设

广西金秀拍摄场景建设

横店开机仪式

横店开机仪式

横店开机仪式

横店开机仪式

横店开机仪式

导演傅东育在拍摄现场

导演傅东育（右）给演员聂远（左）讲戏

导演傅东育（中）在拍摄现场

导演傅东育（左）给演员吴优（右）讲戏

导演傅东育（左）和执行导演吴雷鸣（右）在拍摄现场

导演傅东育（左）和编剧孔见（右）在拍摄现场

动作导演智慧杰

导演傅东育（右）在给女主角吴恙（左）讲戏

摄影师在紧张地拍摄

摄影师在紧张地拍摄

拍摄现场

拍摄现场

工作人员在紧张的拍摄间隙吃饭

演员在紧张的拍摄现场休息

拍摄现场

拍摄现场

拍摄现场

广西壮族自治区人民政府原副主席奉恒高（左三）和编剧孔见（左二）
参加广西金秀开机仪式

欢迎著名演员王庆祥（右一）、尤勇（左一）进班

影帝王庆祥和影迷合影

剧组领导工作留影

总出品人、总策划、总监制、总制片人、导演、编剧工作留影

工作留影

工作留影

杀青留念

杀青留念

杀青留念

杀青留念

杀青留念

杀青留念

国家电影局
电影公映许可证

电审故字〔2019〕第 105 号

影片名称：过山榜
MOUNTAIN CROSSING LIST

出品单位：上海电影（集团）有限公司、苏宁环球传媒有限公司、上海亚太影视公司

摄制单位：同上

片　　长：89 分钟

声音制式：5.1

幕　　幅：宽幅

发行范围：国内外发行

影片排次号：001101082019

国家电影局
2019 年 6 月 27 日

获得公映许可证

获得龙标

参加第22届上海国际电影节

参加第22届上海国际电影节

电影剧照

吴恙饰盘凤飞

吴恙饰盘凤飞

吴恙饰盘凤飞

吴恙饰盘凤飞

吴恙饰盘凤飞，聂远饰成化

吴羌饰盘凤飞，聂远饰成化

王成阳饰盘石

王成阳饰盘石

王成阳饰盘石

王成阳饰盘石

聂远饰成化

聂远饰成化，吴羌饰盘凤飞

聂远饰成化

聂远饰成化，吴恙饰盘凤飞

电影剧照

尤勇饰盘富贵

尤勇（右二）饰盘富贵，吴恙（右三）饰盘凤飞，王成阳（右四）饰盘石，闫肃（右一）饰周敏文

273

王庆祥饰周明德

王庆祥饰周明德

谢园饰冯祖辉

谢园饰冯祖辉，王成阳饰盘石

姜宏波饰万贵妃

刘牧饰张羽

刘牧饰张羽

闫肃饰周敏文

闫肃饰周敏文

王曦饰盘点灯

王曦饰盘点灯

王曦饰盘点灯，熊珂饰阿青

吴优饰盘钱粮

吴优饰盘钱粮

熊珂饰阿青

徐崴罗饰小皇子

徐崴罗饰小皇子

电影《过山榜》
片头字幕名单

出品方

上海电影（集团）有限公司

苏宁环球传媒有限公司

上海亚太影视公司

联合出品方

珠江电影集团有限公司

广西电影集团有限公司

桂林国际高景实业投资有限公司

陕西当当影业有限公司

出品人

任仲伦、吴兆兰、王洪清

联合出品人

蔡伏青、匡达蔼、席国际、李国庆、余斌、孔飞、徐明山、朱顺德、刘仲海、孔权

总监制

吴兆兰、孔见

总策划

汪云天

总制片人

王金花、马莉莉、迟传敏

摄影指导

郭嘉

美术指导

刘大伟

编剧

孔见、张为、张盈、王青伟（定稿）

导演

傅东育

主演

    吴恙、王成阳、聂远

联合主演

    尤勇、王庆祥、谢园、姜宏波、刘牧

监制

    赵京华、张为民、唐虓珲、张睿

策划

    曹景岗、刘泽胜、聂新勇、余涛、李铮

制片方

    苏宁环球传媒有限公司

    上海亚太影视公司

    上海宁兴百纳影视传播有限公司

制片人

    卢瑞祥、黄昌宁、任自力、郝爽、孙杰

作曲

张耀光

后期导演、剪辑

高秀娟

发行公司

湖南省电影发行放映公司（芒果影业）

发行人

李胜、周铁军、李驰、李京

电影《过山榜》演职员表

电影《过山榜》演员表

主　演

盘凤飞	吴　恙
盘　石	王成阳
成　化	聂　远
万贵妃	姜宏波
张　羽	刘　牧
盘富贵	尤　勇
周明德	王庆祥
盘点灯	王　曦
周敏文	闫　肃
盘钱粮	吴　优
冯祖辉	谢　园

阿 青	熊 珂
小皇子	徐崴罗
锦衣卫统领	沈 凯
锦衣卫统领	牟凯凯
明军副将	王寒晖
明军副将	刘梓鹏

跟组演员

盘凤飞文替	王青茹
盘石文替	李小鹏
聂远文替&瑶族男	许小虎
张羽文替	王 健
瑶族男	潘启祥
瑶族男	周 腾
瑶族男	周 行
瑶族男	张 晋
瑶族男	廉俊男
瑶族男	王秋实
瑶族男	明 明
瑶族男	欧阳乐
瑶族男	彭扬洋
瑶族女	廖入庆一

瑶族女	周　可
瑶族女	金　迪
瑶族女	王　贺
瑶族女	张　翠
瑶族女	张倍瑜
瑶族女	蒿怡帆
瑶族女	李　晨

选　角	漠蓝选角工作室

选角导演	漠　蓝
选角统筹	孟凡杰
选角副导演	王超晋
	宋美峰

电影《过山榜》工作人员编制表

导演组

导　演	傅东育
执行导演	吴雷鸣
服化道副导演	邹　晶
现场副导演	赵宗贤
场　记	戴莉芳
场记助理	杨俊杰
演员统筹	漠　蓝
演员副导演	孟凡杰
演员副导演助理	王超晋
导演助理	孟玲玲

摄影组

摄影指导	郭　嘉	
摄影指导	贾　子	
焦　点	王瑞岩	朱佳庆
大　助	张艳雷	宋永军
跟机员	杨雪第　张志通	马　成

机械组

机械师	王岩昌		
副组长	温瑞彪		
B机机械	张鹏超		
机械大助	王岩龙	曹龙宾	温瑞涛
	王江博	赵永奎	姬广军
	于志强	冯飞涛	温金军
	张鹏举	曹成垒	刘嘉伦
	任正浩	王金栋	

灯光组

灯光师	贾俊起		
灯光大助	鲁续辉		
灯光中助	赵 闯		
灯光助理	鲁朋冲	王伟超	鲁帅伟
	刘明星	鲁春峰	鲁亚杭
	曹兵雨	李耀峰	
跟灯员	沈启荣		

美术组

美术指导	刘大伟		
美术	张辽	郑凯	
副美术	樊庆涛	孟令超	李东峰
	程琨	李丹	
美术助理	赵青	王萌	
概念设计	周文武	帅飞	潘福胜
	张放	崔恩嘉	彭官佑
绘图设计	马超	姚辉文	刘华麟
	杨中超	丁天	史丽娜
	毕晓莹	肖雷	樊庆飞
	郑江飞	乔鹤	
现场美术	柴瑞东	曾石军	

造型组

造型指导	高斌

服装组

服装设计师	黄妮娜
服装组长	燕沛岗

现场大助	建书明		
现场服装	成小梅	李关军	李　娜
	王超霞	史春柳	张祥波
跟组裁缝	成志刚		
服　装	闫利朋	王　伟	

化妆组

化妆组长	唐　姝		
梳妆师	魏辉辉		
化妆师	刘　慧		
化妆助理	陈永秀	杨柳茗	赵郿陵
	刘　月	李盐颜	武　英
	韩志丹	孙梦芳	孙沿沿
	顾　洁	钟应刚	

特效化妆组

特效化妆组长	侯玉昌		
特效化妆	袁小娇	陈梦娇	付艳霜
	包　涵		

道具组及特道组

道具设计	王松坡
木工领班	钟稳昌
木　工	王艳楚　吴海宏　吴祥禹
	江尚强
缝　纫	汝连芝　田晓珍
跟　场	王　中
特道领班	贾铁桥
铁　工	王　磊　解永生　王铁良
竹　工	彭平和
漆工领班	舒永生
漆　工	徐军民
模具领班	王　明
模　具	王智飞　王云霄　钟托军
雕　工	葛航峰
陈设领班	王　森
道具陈设	李永生　黄进仁　陈　炬
	侯兴国　钟秀红

置景组

置景组长	梁文胜		
置景副组长	郭建广		
置景领班	张建民		
置　景	刘学锦	孙传路	张宗文
	冷子会	赵克功	赵大庆
	曹召林	郭宇航	闫　旭
	闫洪涛	李　平	孙庆运
	巩克泉	王新平	张　波
	于长军	赵忠海	李加德
	于振春	孙连军	邱亚军
	常春阳	柳正双	柳正武
	褚自友	鲍成运	贾广珍
	陈罗平	杨爱明	韩　冰
	那彦忠	王学周	于保争
	王广均	王恩树	谢洪跃
	杨保顺	江益龙	吕　觐
	何春宝	张文林	

剪辑组

粗剪师	梁玉龙

录音组

录音师	高 应
录音助理	孙立波　曹献忠
	刘 斌　邵国军

特效组

视觉特效总监	吴铁雄
特效助理	郑舜耀　余 畅

动作组

动作导演	智慧杰		
动作指导	徐宝龙	耿永刚	
副武术指导	曹玉杰	许国敬	
武 师	张 焘	李浩男	曹玉杰
	李龙龙	国天龙	郑亮亮
	冯亮亮	兰亚宁	刘天财
	邱志现	贾东宽	任广彪
	冯明伟	冯坤兵	苑 凯
	朱 迅	许国敬	智卓冉
	朱晓明		

物料组

公司宣传　　　　李　岚
项目总监　　　　孔德胜
剧　照　　　　　柴景浩
纪录片　　　　　周道辉

烟火组

烟火组长　　　　彭立伦
烟火助理　　　　周立忠　秦承金　李庆杰

制片组

执行制片人　　　迟亦恒
制片主任　　　　周克勋
执行制片　　　　王玉宽　杨　斌
制片助理　　　　沈亚雯
统　筹　　　　　战　旗
执行统筹　　　　赵艳红
车管制片　　　　武士彭　武士文
技术制片　　　　何永红

现场制片	张明超
生活制片	向荣登　许　幻
生活制片助理	由俊峰　张如胜
制　片	徐建生
会　计	闵　慧
出　纳	吴　昊
文　员	王寒晖

场务组

场务组长	路冀通
场　务	高熙峰　任劢亮　罗方磊
	董现彬　孙建权　徐国华

驯犬组

驯犬师	张贵忠

后记

共创『三交四共』的精神家园，铸牢中华民族共同体意识

　　2012年的夏天，广西柳州的女音乐家覃晓宁老师从美国表演回来，带来了在美国国会图书馆收藏有瑶族历史文献《过山榜》的消息，我从那时萌发了一个梦，拍一部瑶族文化的作品。这部名为《过山榜》的电影经过十年的打拼，终于破冰而出，于2023的夏天在中华大地的电影院线面世了。

　　在电影《过山榜》上线的几个月前，上的是电影《封神》。两者先后上映，是否有联系？应该是有联系的，《封神》讲的是汉族历史上周灭殷纣的英雄故事，而《过山榜》则是瑶族历史上流传下来的盘王救汉王的英雄史诗。

　　历史文献《过山榜》是唐宋时期流传在瑶族民间的一份似同官制的榜文，又称《评王券牒》。相传远古时期的部落战争中，瑶族盘王率领军队英勇作战，救了汉族评王。评王在大山中将女儿嫁给了盘王，并许诺瑶民"许各出山另择出处，途中遇人不作揖，过渡不用钱，见官不下跪，如果采样取所属乡山水源地，离田三尺三锹，水戽不上之地，俱是瑶人所管……"。盘王和评王女儿生下六男六女，成为瑶族的重要分支。显然，从内容性质上看，这是一份具备了现代契约的雏形和意蕴的原始文本，这在世界历史上都是非常罕见的，难怪美国国会图书馆也收藏了一份《过山榜》。人类历史上有"贵族文化"之说。在两千多年的中国封建社会历史中，强调"普天之下，莫非王土，率土之滨，莫非王臣"。但瑶族人却造出《过山榜》，以官方榜文的形式证明自己与汉人的生存地位和社会尊严是平等的，把这一诉求说成是自己的祖先争取来的权利，将其典籍化、神圣化，这的确是一

个民族生存智慧的结晶，反映了瑶族人内心深处的一种"贵族气质"。

1959年国庆节前夕，毛主席接见参加国庆十周年庆典的少数民族代表。当毛主席接见一位瑶族女代表的时候，特别说到瑶族历史上的大藤峡起义，是革命的农民起义，并当场写下"大藤峡 毛泽东"六个字送给她留念。如今这六个字在广西平南大藤峡峡口做成了纪念碑。大藤峡起义发生在明朝开国后不久，持续了一百多年。虽然起义与朱元璋推行"改土归流"的政策有关，但根本的原因还是地方卫所官员拥兵自重，违法操控粮食、食盐的买卖，增加赋税，造成了官逼民反。面对不平等的剥削制度，瑶族人民之所以能率先造反抗税，并敢于深入大瑶山坚持百年抗争，《过山榜》的精神是重要的原因。

明成化元年（1465），朝廷出动16万大军镇压广西瑶族起义，抓了许多男女青年进宫服劳役。在抓去的人当中，有两个瑶人对明史产生了重大的作用。一个是李唐妹（有称纪唐妹），她被分配在内藏，怀了成化的儿子，这个儿子成为太子，后来登基当了皇帝，实现了明中期的弘治中兴。儿子将母亲封为孝穆皇太后，与成化一起合葬在北京十三陵的茂陵。广西贺州、广东连州都有历史记载。这里连同湖南道县是一个山脉，是最大的一块瑶族聚居地。弘治年间，瑶族地区的战乱逐步平息，这与皇帝的瑶族血统和治边政策的调整不无关系。另一个人叫汪直，在成化年间因破奇案被封为西厂提督，后屡立战功，并辅佐弘治治理朝政，被称为"明代第一太监"。关于这个人已有不少银幕形象，但多为反面，这与明史有关。然而，真实的历史又充满了复杂性。

电影《过山榜》源于生活，高于生活，把瑶族历史上《过山榜》文献、千家峒、大藤峡起义、明孝穆皇太后以及汪直的传奇融合在一起，形成了一个兼具史实与传说、既有民族文化又有民族关系的史诗题材的电影。

我于1969年从北京入伍来到广西当兵，在四十余年军旅生涯中三进广西，了解了不少边疆民族的历史掌故。2012年退休，我便把这些故事加以整合，与专业作家张为合作，构思了这部电影最初的雏形。后经汪天云、张盈、王青伟等电影专家的共同耕耘，最终在傅东育导演的加持下定稿。

电影是导演的作品，导演傅东育的深入挖掘和专业技术成为完成的基础。在一起工作的时候，他问我究竟为什么搞这部电影，我说为了民族团结。他又问什么是民族团结？还有没有更深刻的东西？我还真没想那么深。电影最终提炼出了一个民族融合的主题与故事。

近年来，习近平总书记多次强调、深刻指出，要铸牢中华民族共同体意识，促进各民族交往交流交融，努力促进各民族大团结。他认为，文化认同是最深层次的认同，是民族团结的根脉。各民族在文化上要相互尊重、相互欣赏、相互学习、相互借鉴。牢固树立正确的祖国观、民族观、文化观、历史观，构筑各民族共有精神家园。要引导各族人民牢固树立休戚与共、荣辱与共、生死与共、命运与共的共同体理念。这正是我们电影《过山榜》

创作的初心和努力追求的目标。

利用这个机会，我也对一直关心关注关怀这部电影，并为之付出的人们表示衷心的感谢！

最后说明一点，小说《过山榜传奇》创作于电影《过山榜》之后。电影拍摄杀青之后，为了宣传和帮助观众进一步理解电影，当当网的李国庆先生建议我写本同名小说在网络上发布，我便将前后三个电影剧本编织在一起。现将小说与电影剧本一起呈现给大家，供大家欣赏。希望大家喜欢。

孔　见